# 心灵外史

石一枫 著

北京出版集团公司
北京十月文艺出版社

# 1

大姨妈本不是我的亲大姨妈。我和她的渊源，又得从老辈人说起。

我母亲娘家以前是北京的大宅门儿，祖上出过个把“行走”，后来固然也败落了，死的死散的散，搭伙儿过日子的只剩下两户世代因袭的老用人。大姨妈是厨娘的女儿，她比我母亲大一岁，自小被叫作“大姐”，俩人一起上学一个屋里睡觉。到了运动风起云涌的时候，家里又受了冲击，母亲被发配到三线去接受改造，大姨妈则插队去了河南，后来干脆通过招工落户在了那里。这就叫大相国寺的水浇了菜园子——贵贱一码平。

在西北的一个兵工厂，母亲嫁给了我父亲，一个在山沟里苦熬了多年、“很有理论素养”的军转政工干部。这种婚姻明摆着是各取所需，互相都有认命的意味。但很可笑，他们的婚后生活却表现为不同意识形态、“大我”和“小我”之间的激烈斗争。刚开始，我父亲自认为是某种光明的、宏大的思想理念的化身，致力于改造我母亲身上那些被他视为自私和无聊的剥削阶级习气。后来政治气氛宽松了，母亲却又摇身一变成为“自由”和“人性解放”的代表，对我父亲反戈一击。他们互相敌视，又因为敌视而更加坚定了信念，以至于为了屁大点儿事都要上纲上线——却不妨碍一不留神把我制造了出来。

回想我的童年，关于“家庭”的记忆基本上只剩下了辩论、揭批、指桑骂槐、阴阳怪气。耳朵里充斥的都是硕大无朋的词汇，仿佛分属于不同阵营的吹鼓手正在进行面对面的交锋。当然也不止于思想论战，家里的容器大多由金属打造而成，就连阳台上的花瓶都是用一百零五毫米炮弹壳车出来的，这是因为所有瓷器和玻璃器皿刚买回来不到三天就会粉身碎骨。

印象中，最惨烈的一次冲突发生在我上小学的时候。当时我母亲叉腰站在门口，用字正腔圆的京腔噼里啪啦地说着什么，总之是宣称“世道变了，你那一套已经没有价值了”，我那一直沉默的父亲突然暴起，抄起窗边的一只小猪存钱罐掷向她，结果弹道偏离，“瓶”在了我的脑门上。粘着血迹的钢镚落了一地，我的父母却还在忙于论证对方品质恶劣，根本没人低头看我一眼。我便蹲下身去，慢慢把那些硬币捡了起来，揣进裤兜里，哗哗作响地走到厂里的服务社去吃一碗裤带面。根据我的经验，每当他们闹起来，家里照例是没人做饭的。吃面的时候，血又滴了下来，和面汤里的辣椒油混在一起，但我仍然坚韧地吃着，吃着，仿佛只有用食物堵住喉咙，才能让自己不至于哇哇大哭。那天，我在厂区里游荡到深夜，听了上万响试射高射机枪的回音，困得不行了才走回家。这时却发现母亲不见了，她已经收拾行李远走高飞了。

母亲这一去，就再也没回来。她跑到南京的亲戚家住了几个月，随后给我父亲寄来了一封强硬的离婚通牒，宣称自己遇到了在学校念书时的初恋对象，俩人铁了心要组建新家庭，“把失去的时间找回来”。她好像突然醒悟到，她所信奉的那套观念还可以通过实际行动来实现。自由是多么美好，婚姻自由则比一切自由更加美好。而我父亲吧唧着嘴，连抽了半包“恒大”牌香烟，一时蒙了。

大姨妈就是在这期间来到我家的。母亲总算想起自己身上还掉下过一块肉，便写信请“大姐”到陕西来照看我。我父亲则忙于追到南京去跟我母亲谈判，于是把一个家扔给了我们两个人。记得那时候的大姨妈长相还很白净，一张鹅蛋脸显得非常温婉，但总蹙着眉，一副正在深思什么的样子。都说她是我的亲戚，但我却不记得有过这么一位“还抱过我嘞”的亲戚。人家问她是做什么工作的，她说在河南的一个印刷厂食堂上班，而我看她也不像个炒菜师傅。我们兵工厂的食堂师傅都是膀大腰圆的，脸上的横肉把脖子都淹没了，手上永远沾满了黏糊糊的猪油。有一次我到食堂偷包子被人发现，挨了一个嘴巴，结果因祸得福，此后的半个月吃饭都有肉味儿。所以当这女人让我“叫人”的时候，我装作没听见，低头盯着解放鞋上粘着的一块粪便发呆，同时思考着那究竟是人的、狗的还是牛的屎。而大姨妈也不多说话，自顾自开始干活儿，扫地，擦窗户，修理厕所水箱里的浮标，又拎了菜篮子出去买菜，三下两下变出一桌子吃食。

作为一个后来的美食记者，我对于“吃饭”这件事情的初步概念，其实是通过大姨妈建立起来的。前面说过，她的母亲就是一名厨娘，因而掌握着许多家传的手艺，以旧时北京盛行的鲁菜为主，重刀功，多油炸，擅长糟熘。定居在河南后，她还对面食有了心得，早上有时会给我做一碗放了鹌鹑蛋、海带丝和卤羊肉的烩面，有时是白菜粉条馅儿包子。尤以烩面最对我的胃口，每次把脸从大海碗里拔出来，我都被香得直翻白眼儿。小孩儿没出息，吃了两顿肚儿圆，我就消除了对这个女人的生疏感，天天流着鼻涕追在她身后叫“大姨”，后来又学着那些从南方迁过来的邻居的叫法，在“大姨”后面缀了个“妈”。

在我的感觉里，“大姨妈”似乎比“大姨”更亲，更贴心。

大姨妈摸着我的脑袋，眼圈儿一红，“我要有个孩子，肯定养得比你胖乎多了。”

她致力于将我喂肥、喂白，喂成宣传画里坐着“科学号”飞船奔向太空的少先队员那副长相。可是事与愿违，即便过上了吃香喝辣的日子，我的外形仍然没有发生改观。我还是那么黄，那么瘦，像根火柴棍一样，麻秆上顶着颗如斗大头。邻居们都说，如果给我涂上鞋油，完全可以扮演正在经受饥荒的卢旺达人了。这不免令大姨妈感到沮丧，进而又增添了新的忧虑，那就是，我的反应好像比其他孩子慢半拍，成天痴痴愣愣的，别人要是跟我说什么话，我总像没听见似的，过了许久才如梦方醒地“啊”一声。

我都十岁了还尿床。

一天晚上，大姨妈悄无声息地走到我床边，从上往下俯视着我。我咂吧着嘴蓦然睁眼，与她对视，只觉得房间笼罩在一种肃穆的气场之中。

半晌，大姨妈才说：“杨麦，你在学校里，别人是不是也说你……有点儿傻？”

我回答她：“他们不仅说我傻，而且说我是个傻球。”

“对这事儿，你妈怎么看？”

“她说是遗传了我爸的劣质基因。”

“你爸呢？”

“说我妈不负责任，没把我养好。”

大姨妈沉吟了一下，笃定地说：“你的发育出现了问题。这样下去可不行，耽误了就是一辈子的事儿。所以咱们得采取措施。”

我半张着嘴，挠了挠耳朵，第一反应是，无非又去一趟医院吧。兵工厂子弟小学的老师都是些粗暴的实在人，他们除了骂我是傻球以外，在例行体检时发现我体重严重不达标，也曾经怀疑我的肚子里共生共存着一些可爱的小生物，遂带我去厂区的附属医院拿过塔糖。他们还勒令我拉完屎后要仔细观察一番。但药吃了不少，效果却等于零，一条虫子也没打下来。医生的诊断结果是，不能赖寄生虫，还得赖我自己。至于我究竟出了怎样的毛病，他们又说不出个所以然来了。

然而我猜错了。第二天早上才刚过五点钟，大姨妈就把我从床上揪起来了。这时医院还没开门呢。我继续昏昏沉沉，唯一的念头是要吃烩面。她却告诫我：“早饭先不能吃，连水也不能喝，否则‘气’就浊了。”

说罢带我出门，穿过厂区的家属院，不走柏油大路，取道一条蜿蜒的小径，往半山腰的一片杨树林里来。这里还要插一句，在喂养我以及整理家务之余，大姨妈经常一个人在附近转悠，也不知在忙些什么。有时我凌晨被自己的尿给泡醒了，哭丧着脸到阳台去摘干净的裤衩，还会看见她的卧室房门开着，床却早已空了。而再看大姨妈领着我走山路时那驾轻就熟的样子，可以推测她是常在这个地方出没的。

经过山中零星散落的坟冢时，大姨妈还催我："快走，我护着你。这里能量太强，你虽然是纯阳之体，但是身子比较弱，不一定能承受得了。"

我们加快脚步，终于钻进密林深处。初时，四下里还笼罩着层层叠叠的雾霭，远近看不出个究竟，但也就是一瞬之间，太阳从山的另一侧高举而出，喷薄的红光席卷山野，照得白杨树上的眼睛璀璨发亮，仿佛正在集体注视着我们。大姨妈沉静地点了点头说：

"时候到了。"

然后让我不要动，闭眼，尽量把意识"放空，再放空"。而她则游走在我身边，颇具声势地忙活了起来。我小时候虽然傻，但也没人们想象中的那么老实，或者说好奇心还是有的，于是时不时地将眼睛眯着，从缝隙里偷看大姨妈的举动。

真把我给惊着了。只见她比画了几个武打电影里才有的姿势，突然双目圆睁，嗓子眼儿深处铿铿作响，一个箭步扑向一棵杨树，双手握拢树干，如同掐着一个人的脖子，膀子上源源不断地运着力，连后背都绷紧了。掐了一会儿，又将脑袋往后一仰，半个躯干都拗了过去，曲项向天歌地长叹一声“啊——”，好像饥肠辘辘的人喝下了一碗热汤。一棵树掐完了，再去掐下一棵，如是三四番，终于满面通红地向我走来。

我赶紧闭眼，随后感到一只手掌覆盖在我的天灵盖上。也真怪了，一股热流从她的手心源源不断地涌出，浸润了我的身体，令我暖和了起来。

不知过了多久，大姨妈重新发话：“好了。”

我睁眼，看见她的额头渗出了一层汗珠，连鬓角都湿透了。而人家为我受了这么大的辛苦，我也总该有所表示吧。于是我对大姨妈说：“我要尿尿。”

大姨妈满意地点头，“有尿就对了，这就是把你身上的坏能量逼出来了。”

我对着一棵树尿完，一边哆嗦一边又问：“您刚才这是干吗呢？”

“先聚气，后发功。”大姨妈说。

“……聚气和发功又是干吗呢？”

“那说起来就复杂了，涉及宇宙里的大奥秘、大真理……深入浅出地解释一下吧，世界的本质其实就是能量，万事万物除了它表面的形态以外，都带着一股无形无迹、连科学仪器也侦测不出来的能量。这些能量之中有好的，也有坏的。人的身体健康，就是好能量占了上风；什么地方出了毛病，就是坏能量乘虚而入了。我刚才做的事情，正是运用师父传授的功法，从大自然里把好能量汇聚起来，再传到你的身上，把坏能量逼出去。这样一来，你的身板儿就会壮实起来了，脑袋也会变得比现在聪明，以后你就能考上大学，当上干部、学者、改革家……其实除了人的身体，其他事情又何尝不是这个道理？社会上为什么会有腐败？国家为什么富强不起来？地球上为什么这儿啊那儿啊老在打仗？这都是坏能量在起作用。而师父所做的事，就是要扭转能量的分配，为我们开创一个美好的新时代……”

这番话不仅说得当时的我目瞪口呆，就是许多年后再想起来，同样令人叹为观止。一个县城妇女，除了做饭并无一技之长的食堂职工，居然谈论起了民族复兴、世界和平。什么叫位卑未敢忘忧国？这就叫位卑未敢忘忧国。在这种壮阔情怀的震慑之下，我就算无法理解大姨妈所谓的“功法”，也不敢提出什么疑义了。从此之后，她每天五点来钟便揪我起床，我也一点儿抱怨都没有。用她的话说，“这不都是为了你好嘛”。在家里突遭横变的那段日子里，除了大姨妈，又有谁想得起来“为我好”呢？

而大姨妈一边坚持为我发功，一边又像个尽职尽责的医生，频繁询问着我的感受。“有没有觉得身上有劲儿了？”“这两天脑袋里是不是比过去清楚了？”“上课能专心听讲了吧？夜里下雨也能憋住尿了吧？”她还找了一个小本儿，把历次发功的时间、长度和“能量值”记录在案，时时拿出来分析。在邻居们的眼里，“老杨家的大姨子”温和、内向，甚而带着点儿逆来顺受的气质，但没人知道，她正在进行一项神奇的实验。

多么幸运，我就是那个有可能见证奇迹的实验品。但也多么令人羞愧，我这个实验品太不争气了，不管怎么憋着劲儿地生长发育，也没有显现出大姨妈所期望的效果。在一个赶集的日子，大姨妈牵着我去附近农民“响应好政策”自发形成的农贸市场采购，看到卖肉的摊位上摆着磅秤，遂让我站上去约了一约。结果是不仅没有变胖，反而瘦了几斤。那个屠宰专业户也很不会说话，表示我如果是一头猪，那么就连屁股上盖个大蓝章的资格都没有。回去的路上，大姨妈的脸色出奇的凝重，眉心蹙成了一个纠缠的疙瘩，眼里水汪汪的，似乎都要流泪了。

我替她开脱，“您不用替我操心了，反正这么多年我都这样，不也凑合着活下来了吗？”

大姨妈摇头，“你说的这叫什么话，人只要活着，怎么能凑合？我不能眼睁睁地看着你比别人差一截儿。”

我说：“我妈都觉得无所谓……”

“她就不应该这么对待孩子，有这么当妈的吗？”大姨妈哽着嗓子反问。这也是我唯一一次听见她对“主家妹妹”有所怨言。这语气吓了我一跳，便闭上嘴不再作声。而大姨妈胡噜了一下我的脑袋，把我的头拢到她的腰间，抬眼望着悠远的山峦说：

“我功力不够，但我们还有别的办法。”

# 2

现在回忆起大姨妈带我踏上的那段朝圣之旅，其喧嚣与混乱历历在目。

我们在五一节的假期里动身，走时是个大风天，山区回荡着如泣如诉的哀鸣。而我恰好对随风四散的花粉过了敏，一路上都在不停地用手挠脸，把自己抓成了一只花猫。从兵工厂坐班车到了县里，立刻去火车站排队买票，然后我们挤上了人满为患的绿皮列车，昏昏欲睡了七八个钟头。入了夜，省城终于到了。浓黄的风沙中，一幢幢灰砖小楼鳞次栉比，许多工地正在趁夜装卸建材，从高空看去，一定很像一桌打到一半的麻将牌。我被大姨妈拽着瘦胳膊，在直掉土渣儿的建筑物之间穿行。一会儿路过一个庙，一会儿又路过一个庙，竟有神佛遍地的印象。

过庙也不拜，只是按照大姨妈手中的那张旅游地图东转西转，又认错了两次路，最后到达一个有武警站岗的大院儿门口。那地方我们当然是进不去的，街对面由一排平房组成的招待所才是我们的安身之处。因为到得晚，想开单间已经没了，服务员将我们安顿在了一个“女部”六人间里。从东向西并列着六张铁架子床，屋里已经住了四个人，其中的三个正在隔着床嘀嘀咕咕，看起来相互之间很熟悉。另外有个满头白发的老太太，正蜷缩在旮旯里睡着，间或抽搐一下。她的床上除了被褥，脚边还铺了一层牛皮纸，纸上用朱砂笔写满了触目惊心的词儿，诸如“冤枉”“草菅人命”和“为民做主”之类。清朗遒劲，瘦硬通神，俨然是我母亲常年临摹的宋徽宗的笔体。

进门打个招呼，大姨妈就从床下拽了搪瓷盆，打发我洗脸睡觉，“明天还有要紧事呢”。但换了个环境，我自然睡不着，于是把头藏在霉味冲天的枕头里，斜眯着眼，看两只潮虫从墙皮底下进进出出。片刻，灯也关了，身边的女人都躺下，在清幽的月光中你一起我一伏，呼吸均匀。运气倒不错，一屋子的人，没一个打呼噜的。只有覆盖着惨烈标语的老太太正在反复磨牙，偶尔还会悲怆地嘟囔一句什么。

突然之间，屋里就有了动静。是隔着一张床的那个胖女人，她直挺挺地坐了起来，却不下地，而是盘起了双腿，腰背挺直，束了个鬏儿的脑袋缓缓地、有规律地开始转动，上三下，下三下，左右各三下，如是若干番。然后，她的双手也从小腹，也就是所谓的丹田之处抬了起来，使了个《说岳全传》里常见的招式“举火烧天”，既像想要凌空接住什么东西，又像宣传画里的各族人民“向国庆××周年献礼”。更让我惊异的是，这么做的还不止胖女人一个。在她的带动下，老太太之外的三个女人也坐了起来，其中就包括我的大姨妈。她们转头，举火烧天，步调一致，严丝合缝，如同在跳一段排练已久的静谧的集体舞。

也幸亏当时的我还没看过什么吸血鬼、僵尸之类题材的外国电影，否则非得当场吓尿了不可。而在此情此景中，作为一个半痴呆的小朋友，我又能做些什么呢？我只能将身体蜷得更紧，拿被子牢牢裹住自己，专心致志地装睡。还好，女人们进行完那套仪式，并没有将我茹毛饮血地分而食之的需求。她们慨然舒了口气，像把五脏六腑全都吐了出来，然后收功，靠在床头聊起天来。

胖女人评论道："城里的气就是混浊，明显不如在田里感受到的能量强。"

另一个女人接口说："好在今晚有月亮，吐纳起来倒也通畅。"

众人点头。胖女人便转向了我的大姨妈，"这位功友，你从哪里来的？"

"河南来的。"大姨妈悄声说。

"这是你儿子？"有人指了指我。

大姨妈说："亲戚家的……严格来说，也不能算亲戚。"

"也是带来让师父发功治病的？"

大姨妈不语，叹了一口气。她那惆怅的叹息让"功友"们同情起来。于是有人说我体虚神散，印堂不亮，显见是邪气侵入体内的结果；又有人说不必担心，这种小毛病在师父那里完全是小菜一碟——某某离休干部在重症病房里插了半年管子，活不长了吧？某某全国劳模被大卡车撞飞了十米，连肝儿都从嘴里吐出来了，没救了吧？经师父一治，全都活蹦乱跳了。这些都是报纸上报道的，还有举着锦旗的合影呢。如果不是有这样铁证如山的事迹，省里的大机关又怎么会专门把师父请过来，召开“带功报告会”呢？科学院的老专家又怎么会专门上书，恳请国家重视“人体特异功能”的研究与应用呢？

进而说起了各自的病情以及练功心得。胖女人是糖尿病，下肢已经有了溃烂的趋势；她旁边床上的一位是腰椎间盘突出；还有一个更惨，重度带状疱疹，疼起来满床打滚，连舌头都咬掉了一截儿。但她们又一致信誓旦旦地说，自从练了师父的功法，“症状明显减轻了，康复指日可待”。等到明天参加完“带功报告会”，她们不仅要过上幸福、健康的生活，还要把师父的能量随身带到老家去，为身边的亲人朋友造福——就像我大姨妈一样，不光自己练功，心里还想着别人，这种善心善念，不正是“咱们修行的人”所必须具备的吗？如果师父知道了，也一定会为她们感到欣慰的。

胖女人又把话题扯回到我大姨妈身上，“对啦，你有什么毛病啊？我看你的气色这么好，怎么也练起功来了？”

另一人充满期待地插嘴问：“还是本来有病，练功练好了？”

大姨妈嗫嚅道：“也有问题，也有问题。”

“什么问题？”

“也不算多大的问题。”

“你就说吧，大家都是功友，谁有必要瞒着谁啊。师父天眼一开，不全都透视得一清二楚了？”

我分明瞥到大姨妈涨红了脸，半晌才说：“我没孩子。”

咳，原来是这么回事。众位功友居然笑了，一副女人很懂女人的样子。而胖女人却又露出了诡秘的神色，往大姨妈的方位探了一探说：“要说这个事儿，不光你需要练功，你爱人，就是你们家那口子，他也需要练啊。一个巴掌拍不响嘛，得双修。”

大姨妈就更加窘迫了，“到医院查过，他没问题，原因在我的……输卵管。”

哦，难怪呢。众位功友便又把嘴撇下来，表示女人最能体谅女人。她们又替大姨妈坚定信念，因为就连心脏、脊椎和大小脑都能在师父手里修复如初，又孰论区区输卵管？放心吧，等明天，明天就一切都会好啦。

大家聊得口干，轮番起来拿暖壶倒水，喝完准备正式睡觉。临躺下之前，大姨妈又往旮旯里的老太太那儿看了一眼，问："这位大婶儿呢，她也是来听带功报告的吗？"

"跟咱们是裤裆里放屁——两岔儿的。"胖女人已经打出了两个震耳欲聋的呼噜，半梦半醒地说，"她的事儿不归师父管。"

在旅馆里的这一觉，居然是近一段日子里我睡得最踏实的。第二天一睁眼，已经八点多了。黄沙落地，响晴白日，窗外的一蓬嫩枝在微风里招摇。大姨妈站在遍地的日光里，踮着脚，正在把我的衬衫和小背心往横悬在墙角的铁丝上挂。每天都有干净衣裳换，这也是她来了之后，我才享受到的待遇。此时此刻，我看见她半仰着脸，耳边的鬓发闪着金光，嘴角微微抿着，表情既专注又安详，竟不觉痴了。除了温暖之外，我还感到了一缕忧伤，这让我想要开口唤她，却又发不出声来。

大姨妈像有心灵感应一样看向了我，弯着眼睛道：“赶紧吃饭，桌上有油条。”

我奋起而吃，两根油条才只下去一根，就听见走廊里喧哗起来。胖女人的脑袋从门外探进来，“你们怎么还在闲着呢？师父已经快进场了。”

大姨妈看看表，“不是上午十点吗？”

“来的人太多，提前开始了。”

大姨妈慌了，赶紧催我穿衣裳，脸也不洗了，一路小跑着朝旅馆对面的大院儿奔去。那里戒备森严，又抽调来了一个排的武警，而门口早已会聚了人山人海。两个工作人员一边维持秩序，一边高呼“凭票入场”。大姨妈便又拽着我往临时改成售票处的传达室里钻。一问，票数有限，早已售罄了。正当她满脸绝望地站在门口张望时，一个穿喇叭裤的男人就凑过来，问她买不买加价的“内部票”。再一问价，一张票几乎要顶得上我父亲那位“县团级”干部半个月的工资了。

大姨妈跺脚道：“当然买，不买不就白来了。”

“要几张？”

“得买两张，不过您能不能通融一下，便宜一点儿……”大姨妈看了看我，为难地恳求，“钱没带够，都买了票就没法坐火车回去了。”

“我的票也是给人上了供才弄出来的，你便宜了我就亏本了。”喇叭裤男人不容商量地摇头，但又露出一副相当体谅的神情，“不过你也没必要那么老实，买一张票不就够了吗？他这么小，一低头就钻进去了。实在不行再求那些人几句，女人孩子，谁会为难。”

说得也有道理。大姨妈便掏出一只手绢展开，用几张“大团结”换了一张油印纸条，看起来倒像食堂的饭票。回到进门处，我的发育不良却也变成了优势，当工作人员管我要票时，大姨妈便按着我的肩膀，将我压低了两寸，对他们喊道：“他是学龄前，不足一米二，坐火车不都免票吗？”收票的一犹豫，再加上场面混乱不堪，后面的人往前一挤，果然得以混了进去。喇叭裤诚不我欺。我们带着省下一笔巨款的庆幸，一路小跑着钻进大院儿里面，来到一幢红砖斜顶的苏式小礼堂门前。进门又要再验一次票，这次大家总算排起了队，而在队伍的一侧，并排停了几辆汽车，有老旧的“上海”和“伏尔加”，还有一辆日本进口的“皇冠”。从车上下来几个堂皇的老头儿，有的穿中山装，有的梳大背头，有的挎着一位小护士，一步一顿地从礼堂侧门的专用通道蹒跚进去。

等我们进到里面，领导干部们已经在前排落座了。如果大姨妈她们的师父是一枚灯泡，那么这些人无疑是最先被照亮的一群。但当礼堂里所有的灯泡都亮了，所谓的师父却仍不见踪影。人们便鸦雀无声地静默着，黑压压的脑袋却攒动不休。又过了半个小时，我都偎在大姨妈的身上快睡着了，才听见掌声突然雷动。再抬头望去，一道追光下，有个瘦小的男人面无表情地走了上来。啊，师父闪亮登场。只见我身边的人纷纷将身子一耸，还有人又张开双手，做出了我在大姨妈以及胖女人她们那里见过的种种造型。

一个半官方协会的负责人上台聒噪一番，介绍说，师父刚刚受到了领导的接见，并且前不久还参加了一个国际特异功能大会，为中华民族争得了荣誉。然后，带功报告正式开始。不得不承认，那是我所看过的最迷幻的现场表演之一，即使是多年之后那位号称“疯狂”并以虐妻闻名的英语教头，恐怕也难以望其项背。师父的声音其实并不大，带着点儿女里女气的鼻音，甚至口齿都不清楚，经常把“气功”说成“气嗡”，把“能量”说成“能酿”，但他的每一个词汇、每一个腔调都充满了斩钉截铁的意味，仿佛真理就在他的肚子里揣着，只要一张嘴就会从牙缝儿里漏出万道霞光来。毫无疑问，在这种气场下，除我之外的所有人都被牢牢地慑住了，定住了，控制住了。而你又能想象上千个灵魂集体性地、以高度一致的频率共振，是怎样一个场面吗？整个儿礼堂仿佛真的被一团能量所充斥，它不是虚无缥缈的而是看得见摸得着的，百转千回嗞嗞冒烟儿地往人们的肉里钻着。

再回忆一下师父演讲的内容，就令人哭笑不得了。那哥们儿还真敢开牙，搁今天没准能成为一个“雷人”的影视编剧。他声称，自己出身在一个学贯中西的大知识分子家庭，“文革”期间惨遭迫害，只好独自逃到深山去避难，没承想机缘巧合，遇到了一位已经活了六百多岁，饮露水为生的世外高人。现在他所弘扬的这套功法，自然就是高人所授，而他本人的伟大贡献，则是完成了“传统国粹的现代化改造”。他利用物理学、化学、高等数学、电子信息学以及“广义及狭义相对论”知识，精确阐释了古老的气功学说，并将其功效“无限扩大”。这一研究成果已经获得了若干科技专家的认证，还申请了专利注册了商标，就连远在瑞典的“诺贝尔奖评选专务大臣”都专门发函，哭着喊着请他去领奖，“否则女王陛下又该失眠了，还会把小的革职查办”。

“我根本懒得搭理他们——这些见风使舵的西方殖民主义者。”师父洋溢着民族气节和文化自信，嘴角漏风地宣誓道，“我潜心研究十余年，开创了这个前无古人的功法，难道图的就是他们那个破奖吗？庸俗。我是为了我的祖国我的人民啊，功友们。”

想来在场的“功友”和我这个土鳖孩子一样，都搞不清楚瑞典国的皇上究竟是男的还是女的，大家只是振奋着，感动着。前排一位离休干部的鼻涕都喷出来了，还得麻烦女护士掏出手绢来，像哄孩子一样为他揩着脸。而一番激昂过后，终于迎来了最令人期待的现场环节——这恐怕也是大多数人不辞劳苦从远方赶来的真正原因。主持人不知何时溜了上来，拿起话筒宣布，现在请大家把意识“放空，再放空”，马上要开始“单独授功”了。

礼堂里瞬间静了，上千人同时屏住了呼吸。已经有工作人员屈身上前，把坐在近处的领导干部们请上台去。这时师父倒也尽职尽责，每来一人都起身比画一番，口中念念有词，然后伸手在来者的天灵盖上只是一拍，就算完成了“发功”与“授功”。然而后面的普通群众也拥了上来，如果每一位都要如此操作，师父就算练过铁人三项，恐怕也得累趴下了。于是他删繁就简，改为跷着二郎腿坐在椅子上，一只手悬在半空，来一个人拍一下，再来一个人再拍一下。有时拍得不准，没拍在头顶而拍在了脸上，倒像抽了一个嘴巴。

但功友们丝毫没有被怠慢的感觉，因为大家都被现场的两个插曲吸引住了。先是一位戴墨镜的盲人，用竹竿敲着地，被牵到师父面前，一拍过后，待到下台的时候，他忽然震惊地站住，慢慢地摘下墨镜，露出一双老泪纵横的混浊的眼睛，“我看见人影了，我看见人影了。”

另一个则是位穿旧军装的退伍军人，耳朵里塞了两坨巨大的助听器耳塞，声称是在对越自卫反击战中被炮弹震坏了听觉神经。师父又是一拍，那人立时捂着脑袋蹲到地上，“怎么那么响？怎么那么响？”

瞎子都相信天是蓝的，聋子都相信雷有回音，我的大姨妈自然五体投地地相信师父能够活死人，肉白骨。她两眼放光，排队时紧紧攥着我的肩头，掐得我的肉都疼了。我们随着人群，三步一顿两步一停地往前排挪着，师父也离我们越发地近了，近了。渐渐地，我都能看到他的鼻子上镶着一枚黑而光亮的肉瘤了。那东西很像是挖鼻屎的残留物，或者是吃豆包吃得太投入，忘了擦脸。

“一会儿上去的时候，千万把头低着点儿，脑袋顶对着师父。让他拍准了，发功的疗效就会更好。”大姨妈嘱咐我说。

“拍的时候，尽量吸气，能吸多久吸多久，有屁也得憋着，这样有利于吸收能量。”大姨妈又嘱咐我说。

“如果觉得有能量在身体里面乱窜，千万别害怕，把意识放空，再放空就好了。”大姨妈再次嘱咐我说。

三嘱咐两嘱咐，我们就来到了通向主席台的过道边上，前面的一个人已经被放了上去，再后面就是我们。我明显地感到大姨妈的双手正在颤抖，她贴在我后脑勺上的胸脯正在一起一伏，她的心脏正在怦怦直跳。这是神圣的时刻，是改变命运的时刻。然而这一时刻却恰恰在我们面前停顿了，分岔了。当大姨妈搂着我，往台阶上迈去时，一条胳膊伸出来，拦住了我们的去路。那是个戴着红袖标的工作人员，例行公事地提醒道："票呢票呢。"

原来又要验票。大姨妈便从兜里掏出那张油印纸条，递了上去。横在面前的胳膊却并未放下："你们有两个人，怎么就一张票。"

大姨妈故技重施道："他是学龄前，不足一米二，坐火车不都——"

"那是一个道理吗？"工作人员打断她，"不管大人小孩，师父发功都是一样要损耗能量的。而且人越小，没准还会损耗得越多呢，小孩气虚嘛。"

"我们大老远来的，孩子身体又不好……"

"甭说这个，来的人谁没有灾啊病的。"对方铁面无私，还引用了一个革命故事，"可就是列宁同志也要出示证件啊。”

看来卖票的喇叭裤料到了初一，却没料到十五。或者他为了促成生意，明知最后有这么一道关口，也先把我们诳进来再说。这时后面的人又鼓噪起来，嫌我和大姨妈挡住了他们的去路，妨碍了大家去膜拜，去吸收能量。那位工作人员便不耐烦地把我们拽到一边：

“反正一张票只能上去一个，你上还是他上，拿了主意再说吧。”

我们便在一边“啃”着，看着后面的几个人忙不迭地蹿了上去。我又抬头去看大姨妈，只见她半张着嘴，鼻翼一抽一抽，脸色却是苍白的。她一会儿眺望着台上的师父，一会儿盯着横在身前的工作人员，一会儿又低头俯视着我。看我的时候，她的手又用力地摩挲着我的肩膀，纵然隔着衣服，也搓得我的皮肉都发烫了。

我只觉心头一热。就算我大脑发育不良，也看出了大姨妈在思量着什么，犹豫着什么。于是我说：“我不上去了。”

“那怎么行，我都把你带来了。”大姨妈愣愣地摇头。

“可我并不觉得被他拍一下有什么用处。”我突然变得口齿伶俐了起来，“而且您看他长那模样，多寒碜啊，跟只猴儿似的。在我们兵工厂门口，就来过一个耍猴儿的，也说他的猴儿不是凡猴儿，是孙悟空的八十代玄孙。那猴儿能抽烟，能骑自行车，但却不敢说能治病。猴儿要有这本事，医院不就关门了嘛。”

“可不敢瞎说。”大姨妈被我这大逆不道的言论吓坏了，赶紧捂住我的嘴，“刚才你不都看见了嘛，瞎子聋子都被师父治好了……这次机会太宝贵了，师父的巡回带功报告会，西安是内陆地区的最后一站，再往后，他就要去深圳，去香港，据说还要常驻北京去给中央领导发功……咱们老百姓要想见他可就难了。”

大姨妈的忧虑，也正是我替她忧虑的地方。我猜，为了来到这个神乎其神的所在，大姨妈已经筹划了很久，从我母亲让她来照顾我之前就开始做准备了。而老天爷真是爱捉弄人，我母亲可以说是天底下最差劲的妈，她当初压根儿就不想要孩子，但却一撇腿生下了我，又一撇腿就不知跑到哪儿去逍遥快活了；大姨妈这样一个热爱当妈、适合当妈的女人，肚子里却偏偏空空如也。这不公平。对于不公平的事情，我有义务表达立场。

于是我歪着脑袋，盯着大姨妈的眼睛说："还是您去吧，反正我也不信这一套。"

大姨妈没有说话，又抬头去仰望那位光芒万丈、沐猴而冠的师父。这时人群偏又骚动了起来，原因是师父欠起身来，对着台下的工作人员做了个手势。验票员立刻宣布："后面的同志先别排了，今天名额有限，师父还要攒着功力，为省里去解决血吸虫病防治问题、兵马俑墓坑维护问题和粮食保丰收问题……最后十个啊，最后十个。"

群众浩大地哭爹喊娘起来。"那我的冠心病怎么办？""还有我的坐骨神经痛。""我可是重度糖尿病啊，重度的，撒尿都招蚂蚁了。"我分明听见不远处，昨天睡在一个屋里的胖女人正在悲愤地号啕大哭。进而，后面的人想往前挤，前面的人又拼命把持着位置，大家挣扎着撕扯着，呈现出更加剧烈的布朗运动。假如每个人都是一颗原子，那么他们这时而聚变时而裂变的反应状态，倒真说明了师父能量之强大。不仅是验票员，就连临时抽调过来的武警也紧张了起来。发功造福人民，这是好事，但要是发功发出了踩踏事件，这个责任可谁都担不起。到底还是人民子弟兵神志清醒，立场坚定，他们把胳膊挽在一起，保持队形，以抗洪的阵势将源源不断拥上来的人们隔离开来。

也就在这个时候，我感到大姨妈从背后将我一推，不由得往前冲了两步，再加上身材矮小，便从人们支叉着的手臂中间穿了过去，差点儿在台阶上摔了个狗吃屎。再一回头，就看见大姨妈已经把油印票子塞到了验票员手里，“让孩子上去，我不去啦。”

然后又对我挥手，“杨麦，别愣着呀，记得吸气，把意识放空——”

晕头转向之间，我竟站上了灯光璀璨的主席台，再想去找大姨妈，却发现她已经淹没在泱泱一片人民群众的黑脑袋之中了。我好像从泰坦尼克号上被搭救出来的孤儿，就要孑然一身地驶向光明的彼岸。那彼岸，端坐着猴儿一样的师父，鼻子上有颗大而黑而亮的肉瘤，正扬着手，准备一个大嘴巴普度了我。

旁边又有一个工作人员催我，“快点儿，师父忙着呢。”

我便愣愣磕磕地被人拽了过去，背后承受着无数人的羡慕忌妒，以及大姨妈那无私的期待，在师父面前低下了头。一只手掌准确无误地印在了我的天灵盖上，疼肯定是不疼，而且觉得那手既凉又软，像个产后虚弱的女人的手。至于什么能量啊，功力啊，自然是狗屁也没感觉到，我却也无心向台下的人们谈谈体验，我只想赶紧找到我的大姨妈，把我的如斗大头偎到她暄软的怀里去。

没承想，接下来的一个事端，不仅令我震撼性地成为了众人眼中的焦点，也给我大姨妈带来了莫大的心病。

事情也不能怪我，还得赖那位师父。就在我遵循大姨妈的教诲，默然地憋着气夹着屁，想要往台下走去时，他却突然一把抓住了我的胳膊，进而将我抱起来，坐在了他的腿上。再一扭头，便看见几个手持照相器材的乔男女围了上来，长枪短炮朝着我们只是乱拍。“笑一个，小朋友，笑一个。”师父的姿态虽然亲热，声调却很不耐烦，好像正在逗弄一个真正的二傻子。而现在分析起来，这家伙的一招一式，都高度符合所谓“营销学”规律：“受功”的人数严格限制，这是饥饿策略，造成供不应求的假象；临了儿扯个孩子上来合影，则是为了建立亲民的形象。也可惜，我小时候脑子不够活络，如果被师父抱过之后，就势宣布自己也有了神通，能够胳肢窝认字隔空移物什么的，没准儿还能在我们那个山沟里混个小规模的神棍当当，吃裤带面和到医院领塔糖的钱都可以省下来了。

而在当时，我的心思用在哪儿了呢？全集中在师父鼻子上的那颗肉瘤上了。这劳什子远看就很壮观，有幸凑近了观摩，更是觉得不同凡响。只见它丰润饱满，流光溢彩，顶端居然还喷发出一撮毛来。恍惚之间，我竟无视于台下的人山人海，屏蔽了周围的嘈杂骚动，忘记了自己所为何来，只是焕发着古之圣贤的格物致知的精神，盯着那颗瘤死命地看。在我眼里，那颗瘤也仿佛无限膨胀、扩展，一时间变得像座黑色的山丘，痣上的毛不多不少，恰如那泰山顶上的十八棵青松，耿直不屈，迎风挺立，微微颤抖。

然后，我就朝着师父的脸，具体地说，是朝着他鼻子上的那个肉瘤，伸出手去。

在这里，恐怕还要分析一下我这种被称为“傻球”的孩子的特质。根据我的个人经验，傻球其实可以分为两种，一种就是笨，反应慢，脑袋里好像缺根弦儿，另一种则是看起来傻其实不傻，他们只是总爱忽略那些常人所关注的东西，却又情不自禁地关注于那些常人所忽略的事情，并且缺乏自控能力，会做出一些匪夷所思的举动来。再用物理学来类比一下，假如人的大脑是一团复杂的电路，那么第一种傻球大概相当于电线的电阻过大，造成电流不畅，而第二种傻球呢，干脆就是电线被搭错了地方，导致系统紊乱了。兵工厂子弟小学的老师们普遍认为我是第一种傻球，但这冤枉了我。我自己知道，我属于第二种傻球，也即傻球中的另类、极品、不可控因素。

因此，在我那么做的时候，不仅是台下的观众们和师父本人，就连我也不知道自己究竟想要干些什么。但我的手不受脑子控制，潜意识不受意识控制，一伸一捏一揪，整套动作已经干净利索地完成了：我的两指之间多了一撮毛。那撮毛被从黑亮的肉瘤顶端连根拔起的时候，居然发出了类似于开香槟酒的“啵”的一声脆响，正笑盈盈地搂着我摆造型的师父则“嗷”的一声惨叫，好像被高压电打了一记。紧接着，他也顾不得“放空，再放空”了，一把把我推了下去，抬起腿来意识明确地想要踹我。而我却早已顺势跳了出去，站在主席台上的方桌一侧，长身而立，手里高擎着那撮毛，造型如同自由女神举着她的火炬，光辉而昂扬地亮了个相。

全场登时肃然，画面就此定格。

至于那天是怎么离开的带功报告会现场，我倒记不太清楚了。大概是大姨妈趁着所有人目瞪口呆时，冲上台去将我抢了下来吧。想想真是后怕，如果她当时没那么做，不要说师父和他的贴身弟子们要跟我没完，就是那些虔诚的群众，也许都会把我撕巴撕巴蘸酱吃了。而我只记得，当大姨妈把我的脑袋夹在腋下，像母鸡护着小鸡一样跑出政府大院儿时，我所瞥到的最后一个场面是这样的：

铁门已经敞开，门前的水泥地上空空荡荡，只跪着一个老太太。她头缠白布，身披标语，标语上的字样正是昨天所见过的，无非“申冤”“做主”之类。这个老太太面无表情，高声地、抑扬顿挫而又木然地朗诵着什么，说的却是山沟里的乡音，并不是我这个在普通话的环境里长大的孩子所能听懂的了。在她的面前，还斜停着一辆皇冠轿车，也是刚才在礼堂门口看见过的。车灯对着老太太的胸膛，车门没有打开，车轮却在吱吱乱响地蠕动着，先倒车，再打方向，企图从老太太的身边冲过去。但老太太虽然双膝着地，身形却令人吃惊地灵活，当车左转，她便挪向左边，当车右转，她又一晃眼出现在右边，总之时刻保持跪在车头前方的半米开外。如此这般的僵持，终于没有持续多长时间。过了一会儿，车子反而不动了，就那么稳稳当当地停着，连挡风玻璃后面的司机都双手抱着后脑勺，舒舒服服地伸了个懒腰。随即，从大院儿深处冲出两个男人来，一边一个架住了老太太的胳膊，将她轻巧地提了起来，又轻巧地摆放到大铁门一侧的马路牙子上。老太太在身体悬空之际，膝盖仍然保持着九十度角的标准跪姿，上肢也不挣扎，僵直得俨然一尊木雕。而当她被放下之后，立刻又机械地运动了起来，用一双膝盖往正门口挪过去。只不过皇冠车早已抓住时机，一溜烟地绝尘而去了。

我和大姨妈也默默无声，越走越远。从师父脸上拔下来的那撮毛，还捏在我的食指和拇指之间，两指一松，毛便随风飘散——却并未像《西游记》里所写的那样，幻化成无数个一模一样、叫嚣隳突的小师父。毛只是毛，转眼无影无踪。

当我的意识清楚，脑袋又开始转动的时候，我们已经到旅馆收拾好了行李，坐在回家去的绿皮火车上了。来省城的车上总是那么多人，再从城里分散到四面八方，车厢就是空旷而萧条的了。窗外，大片的麦田犹如泼了一层绿颜料。乘务员正在推着小车懒洋洋地走动，推销茶鸡蛋、花生瓜子和防臭尼龙袜。大姨妈就坐在我的身旁，一只手还攥着我的胳膊，但我却不敢仰起头去看她。此时此刻，饶我是个傻球，也知道自己闯了多大的祸。我不仅辜负了大姨妈，而且羞辱了大姨妈。我把她的无私奉献变成了一出闹剧，一个玩笑。

出于如此这般的自责，我便在阳光充盈、共鸣悠长的车厢里吭泣了起来。我想对大姨妈道歉，但嘴里能发出的却只有小狗般的呜咽，一声高一声低。而人一旦哭开了头，就会往那哭声里揉进许多触类旁通的悲戚，如同把各种各样的燃料投到炉火之中，以使自己哭得更加过瘾。于是乎，我又想起了我父亲和我母亲之间那旷日持久的战争，想起了我在学校里受到的欺负，想起了自己很可能变得有爹没妈或有妈没爹的凄惨前景。我还想向大姨妈提问：如果我的态度也像她一样谦恭，一样虔诚，那么师父能够通过发功，赐予我一个完整的、温情脉脉的“家”吗？他能吗？他他妈的能吗？然而我说不出话来，我只是哭，越发投入，越发嘹亮，仿佛不如此，就不足以将生而为人所必须承担的那些苦痛宣泄出去。我哭得都抽筋了，像只即将被制作成标本的蚂蚱一样，在人造革座椅上蹬着腿儿。

就在这时，一直呆若木鸡的大姨妈终于开口了。她握住我乱捶乱抓的双手，揉搓着我的心窝子，一边给我顺着气，一边说：“没事儿，杨麦，没事儿。”

我浑然不顾，仰着头，摆明了是要把没事儿哭成有事儿的架势。我哭得大姨妈也跟着吸了两下鼻子，她的眼泪从斜上方坠下来，落到我的脸上，和我的眼泪混合在了一处。眼泪难分彼此，仿佛寓意着世界上所有的悲伤都是同一种悲伤。大姨妈痴痴愣愣地念叨着：

“别怕，咱们都能越过越好，对吧？”

这天下车的时候，我和大姨妈都是两眼红肿，脸上挂着泪痕，在别人看起来，好像刚奔完了一场丧。而从县城辗转回家的第二天，大姨妈就回河南去了。这是因为我父亲恰好也结束了对我母亲的南征，怏怏地从江苏赶了回来。他胡子拉碴、目光呆滞地坐在饭桌前，手边放了小半瓶“西凤”牌白酒，吱溜喝了一口，吱溜又喝了一口，见到我和大姨妈，竟无一句话可说。好在家里的房子还算宽敞，三人分头睡了。等到第二天早上起来，我就看见大姨妈所住的客房空了，所有的行李都已不见，饭桌上则摆了两只大海碗，碗上盖着瓷盘。掀开一看，热气扑脸，原来是烩面，里面放了海带丝、鹌鹑蛋与卤羊肉。

大姨妈就这么走了，也没跟我说句话，也没留下只言片语的纸条。她甚至没让我望见她沿着尘土飞扬的道路远去的背影。

## 3

在后来的那些年月里，我一发不可收拾地变成了一个性格孤僻、被身边人认为很“独”的孩子。我们那个家庭毫无意外地分崩离析。父母办妥离婚手续后，我父亲愤而娶了兵工厂医院的一个只有高小学历的护士。新妈非常符合他转变了的择偶标准，那就是——“因为没知识，所以不反动，因为没格调，所以不事儿逼。”而我母亲那边更能折腾，她和新丈夫结婚不到一年，就给我弄出来一个同母异父的妹妹。父母两边的家都不再是我的家，我也只好尽力在脑海中删除了对于“家”的一切依恋与期许。小学刚毕业，我就执意要到省城去念寄宿制中学，然后又在那儿上了高中。在此期间，我即使会想起大姨妈，也没法主动去联系她，因为我根本不知道她的工作单位、家庭住址等一切信息。我只记得她出生在北京，后来迁居到了烩面的发祥地河南。我有时也会替她存着个悬念：大姨妈后来有了孩子没有？如果有的话，我真心祝愿那孩子既肥且白，绝不需要像我一样，还得专程带到什么大师跟前去发功、受功。

尽管开始独自生活，但那时我和父母之间还维持着形式上的联系。当我放假回一趟父亲家，或者母亲到学校看望我，给我送来半只真空盐水鸭的时候，他们也许出于内疚，也许担忧被我这个儿子忘掉，会主动对我念叨起一些旧事——其内容自然以皮里阳秋地中伤对方为主，但也顺带提及了许多拐弯抹角的亲戚和故人。我由此知道了自己在甘肃农村还有一窝儿以土豆为食的叔伯兄弟，而我父亲为了保持一个党员干部的操守，一再拒绝在招兵招工之类的事情上为他们行个方便，从而落下了一个“忘本”的恶名；我还知道了我太姥爷居然是清末大儒杨度的入室弟子，可他身为一个旗人，却在是否拥护帝制的问题上与老师发生分歧，最终登报决裂。因为来自于一个“祖上曾经阔过”的大家族，母亲所能提供的故事，自然比我父亲那边丰富得多，也有趣得多，那几乎就是一部八卦横飞的中国近代史。然而我也注意到，在我母亲的口述史中，帝王将相有之，文人骚客有之，就连行径荒唐的光棍无赖也有之，但却单单没有提起过一个人，那就是大姨妈。她何止是无意忽略了大姨妈，简直是存心屏蔽了大姨妈。这就奇了。大姨妈又没得罪过我母亲，而且还在她最焦头烂额的时候代为照顾过我呢。

我提醒过母亲，“别尽说那些遗老遗少了，聊聊眼巴前儿的吧。我那位大姨，她现在过得怎么样？”

母亲的回答令我惊讶：“早就断了线，再没联系过了。”

“这怎么可能？”我追问道，“你们在北京的时候不是形同姐妹吗，怎么能说断就断。”

母亲默然，然后反问：“谁告诉你的？”

“大姨自己说的。”

“她倒真不把自己当外人……可那也是小时候的事儿了。”母亲眼中流光一潋，又补充道，“说到底，我跟一个厨娘的闺女能有什么共同语言。”

母亲的那副神态，几乎使我理解了我父亲为什么要处处与她作对——就像被赶进骆驼群里的梅花鹿，越是自命不凡就越会招致同伴的厌恶。于是我诚恳地劝告了母亲几句，大意是，既然活在当下，那么大可不必再拿前朝的功名来吹现世的牛逼，那会增加不必要的负担，影响我们轻装前进。没想到一言不合，母亲当即和我吵翻了，而且争论的范畴涉及了人生观、价值观的层面，就跟我父亲当初和她吵架的时候如出一辙。当时我只是一个十几岁的毛孩子，面对在南京一所大学附中教书的母亲自然词穷，便从我父亲那里借用了一些现成的批判语言，诸如“改造不彻底”“思想有问题”之类，就连毛主席那句“你最美，你比西施还美”都引用出来了。母亲瞪大眼睛看着我，突然冷笑了两声：

“我很希望你说这话是故意气我，否则我只能认为你的脑袋也坏掉了。”

自从那次母亲拂袖而去，我们便丧失了平心静气地进行交流的能力，从而陷入了一见面就必欲激怒对方而后快的恶性循环。如果外人听到那些争吵，一定会怀疑她是不是我的亲妈，我是不是她的亲儿子。吵到后来，便吵出了疲乏和厌倦，因此两人都开始尽力回避对方，哪怕是她胆囊炎做手术和我高中文理分科这样的大事，也互不通报一声了。

关于大姨妈的事情，当然就再无从问起。

此后，我投入了人生中第一次理直气壮的自虐，为了考上大学而头悬梁锥刺股。在念书念得昏天黑地的日子里，我连内裤的正反面儿都分不清楚了，又哪有心力去怀念一个仅仅照顾过我一个多月、连亲戚也称不上的女人呢？我心里只剩了一个念头，那就是：到北京去，离我的父母远一点，再远一点。对他们的怨念成为我奋发的动力，而奋发的结果却是一场自我放逐。我不需要父母，就像父母也不需要我。推而广之，这世上的人活着，谁真正需要谁呀？沉浸在少年人特有的偏激之中，我甚至生出了一种恶狠狠的自得，认为自己已经成熟了，活明白了。

再一次想起大姨妈，就是在一年多以后了。想也不是自然而然地想，而是经由一个匪夷所思的契机。那时，我的自虐行为卓有成效，已经被北京一所相当有名的高校录取了。中学人去楼空，同学们纷纷回家去报喜或者报忧，只有我没地方可去，便继续滞留在西安，坐等大学开学。从高度紧绷的状态堕入穷极无聊，我竟一时茫然了，于是学会了抽烟、打台球、盯梢女青年，每天到录像厅看两三部处处“穿帮”的殖民地武打片。后来又撬开学校阅览室的窗户，钻进去一本接一本地翻阅那些无人问津的闲书。

阅览室的藏书实在有限，无非是一些革命文学和古典小说什么的，连套金庸都找不着。我只好本着“红书黄读”的原则，仔细研读了《苦菜花》《约翰·克利斯朵夫》和《钢铁是怎样炼成的》里涉及男女关系的段落，随后兴趣又从色情转向了暴力，开始学习《水浒传》和《三国演义》里花样百出的杀人技巧。记得那是一个静谧、荒凉的夜晚，阅览室里只亮着一豆微弱的灯光，窗外飘来了回民饭馆炖羊肉的膻味儿，我喉结上下乱滚地咽着口水，面前摊着一本翻到结尾处的《三国演义》。天下大势分久必合，司马家族已经露出了狼子野心，这一回说的是“魏主政归司马氏，姜维兵败牛头山”。登场一员大将，乃是司马懿长子，骠骑将军司马师。此人面有异相：

“生得圆面大耳，方口厚唇，左目下生个黑瘤，瘤上生数十根黑毛……”

毫无预料，我便被那段乍看起来颇为滑稽的描写击中了，触景生情了。那感觉如同后脑挨了一棍，先是嗡的一声，而后长久地恍惚。再而后，疑问便一星一点地泛了上来：

为何瘤上生毛会似曾相识?

我见过长着类似东西的人吗?

在哪个场合见的?

谁带我去的?

为什么要去那种地方?

…………

往事顺藤摸瓜，一件牵扯出了另一件。在午夜昏黄的灯下，我仿佛重新看到了绿皮火车，看到了人山人海的会场，看到了追光下师父鼻头上的肉瘤。我还看到了早起的餐桌上，放着热气腾腾的一碗烩面，烩面里有海带、鹌鹑蛋和卤羊肉。这些亦幻亦真的场景都伴随着一个隐隐约约的人影，那就是我的大姨妈。她长相温婉，眉头微蹙，挂着一副坦然的愁容。我从未见过有人忧愁得如此恬静，如此安之若素，仿佛早已原宥了生活加诸她的种种艰辛。有了大姨妈的陪伴，不要说我那懵懂呆傻的童年，就连少小离家的青春岁月，也仿佛并不像我一直以为的那样孤独和怅惘了。

我一边发着痴，一边觉得小腿作痒，伸手一拍一挠，摊开一看，巴掌上鲜血淋漓。再看那两条遭了蚊子肆虐的腿，肌肉紧实，汗毛茂盛，还在中学的短跑比赛中拿过名次。伴随着对大姨妈的回忆，我再一次惊异于自己的身体在几年间发生的变化。当初我是一个瘦小羸弱、头大如斗的傻球，现在我身高一米八，体重一百四，小背心底下绷着两块见棱见角的胸肌，不惮于和盘踞在学校门口的任何一个地痞流氓单挑。不光身体，我的脑子也今非昔比了，高考成绩就是证明。

那么这些巨变又是因何而起的呢？外人知晓的通常解释是：兵工厂医院管理混乱，库存的塔糖都过期了，还被拿来糊弄我们这些熊孩子，那些药吃下去自然屁用没有；而来到西安之后，有一天我肚子疼得直打滚，校医开了包同样的药给我吃，几十条蛔虫就被浩浩荡荡地打下来了，如同在茅坑里下了一碗手擀面。在此之后，我便突飞猛进地发育了起来，甚至夜里睡觉的时候，都能听见自己的骨节正在咯咯作响地拉伸。

上述解释符合科学，也符合逻辑。然而在这魂不守舍的夜晚，我所认同的原因却并非如此。我想，一定是大姨妈起了作用。所谓师父的“能量”“发功”一说，自然纯粹属于扯淡，但我却相信，人的意识有着冥冥之中的力量，是大姨妈希望我“越过越好”的执念，令我摆脱了蛔虫，迎来了生活的转机。

事实就是这样的，事实难道不应该是这样的吗？

那天晚上，我离开空荡荡的阅览室之后，并没有返回宿舍，而是翻墙来到了街上。附近那些大干快上的工地都收了工，为了躲避难熬的暑热，工人们铺了床板，幕天席地地躺在柏油路上。我在那些油光光的肢体之间跳跃着穿行，连敲了几扇门，终于敲开了一家已经打烊的小卖部的窗口。向老板说了几句好话，又买了一包烟，他不情愿地把电话递了出来。我迟疑片刻，几年来第一次主动给远在南京的母亲打了电话。

电话通了，母亲在听筒里困倦地“喂”了一声。俄而，又传来我那同母异父的妹妹被惊醒的啼哭。我哽着嗓子，对母亲打了个招呼。母亲的第一反应是愠怒，指责我“平时也没个音信，大半夜的倒来抽风”。但她随即察觉到我的腔调不对劲，便压低了声音问：

“杨麦，你到底有什么事？”

“我没事。”我说。

“那找我干吗？”

我条件反射地想要顶撞她：没事儿就不能找你了吗？难道你希望我被车撞了，被公安局抓了，才向你通报一声吗？但又一想，何必呢。我此时并不想和母亲吵架。

于是我如实相告：“我想起了一个人。”

“……谁？”

“你们家厨子的闺女，我管她叫大姨妈。”

母亲愕然地沉默。在听筒的丝丝杂音之中，我听出了某种失落。随后，她恢复了一贯倨傲的腔调，只不过这腔调之中还夹杂着一丝感慨。母亲轻叹一声说：“你还真没忘了她。”

我没说话。

“……也算有缘吧。”母亲继而道。

我说：“谢谢您，您把她的电话和住址给我行吗？”

这次母亲没有推托，清晰流利地说了出来。我从小卖部的窗台上抓起一根圆珠笔，把那些信息记在了从烟盒里拆出来的锡纸背面。烟散落了一地，我随手接住一颗点上。

母亲问我："就这点儿事儿？"

我顿了顿，又问："你一直没跟她断了联系，对吗？"

母亲说："对。"

我说："那为什么以前骗我？"

母亲再次沉默，最后轻声说："问你爸去。"

这时，她和新丈夫所生的女儿哭得更猛烈了，几乎是不管不顾地哀号了起来。孩子受了惊吓，孩子要找妈，孩子的身边恰好有个妈。而我上一次这样哭的时候，在一旁陪伴我劝慰我的是大姨妈。我和母亲竟都讪讪的。母亲嘟囔了一句她还要忙，我则保持着礼貌说："打搅了。"然后我们同时挂上了电话。

第二天，我退掉了宿舍，沿着大姨妈当初带我走过的那条路，坐火车再换汽车回到了父亲那儿。这些年里，父亲倒是和那个精通家务劳动、连半张《人民日报》都念不下来的老姑娘过得其乐融融，他们还从炮弹加工车间缴获了更多的废弃弹壳，用以种花、养鱼和腌制咸菜，把家里的阳台装点得好像一组反战题材的现代艺术作品。新妈对我保持着客气的生分，这种态度也传染到了我父亲身上。在同一个屋檐下相处的那几天里，他几乎每次看见我，都会像逢年过节去慰问五保户一样伸出手来：

“你好你好，生活还习惯吗？”

我也伸出手去，与他相握，“让组织费心了。”

没有交心的氛围，心里的事儿也吐不出来了。就这么耗到录取通知书上要求报到的前两天，我将生活用品采买齐全，收拾好了包裹，又从父亲手里接过一张存折，这才脱口一声“爸”，把他叫住。父亲正背着手往门外走，回头看见我郑重其事的表情，便对我报以政工干部那标志性的、亲切而不失严肃的微笑，“有什么意见就提嘛。”

“没意见，”我耸着膀子说，“我只是想跟您问个事儿。”

“我们的态度从来是知无不言。”

“我妈，也就是您前老婆，她有个不存在血缘关系的大姐，还来过咱们家……”

“你叫大姨妈的那个吧？那位女同志烩面做得很好，面里有海带、鹌鹑蛋和卤羊肉。”

父亲对于食物的记忆也很敏锐。我说：“就是她。她后来联系过你们吗？”

“联系过，主要是找你妈，还有几次是往我的办公室打电话。她每次都专门问起你。”

“问我什么？”

“问你身体怎么样，学习怎么样，问你夜里还尿不尿床了，问你心里有什么憋屈。”

“那你们为什么不告诉我？”

“干吗不问你妈去？”

“她让我问您。你们就别互相踢皮球了，对于这种作风，组织上不是三令五申提出过批评吗？”

父亲面露烦躁，但随即复归平静。他跷起一根手指，指了指自己的脑袋，“原因很简单：她的这个地方……出毛病了。这人心眼儿好，我们看得出来，但她满心思都是神神鬼鬼的东西。什么能量啊，发功啊，居然还妄想用这些玩意儿来促进你的生长发育。她说得满嘴跑火车，自己也当真，可明眼人一看就知道，那不符合历史唯物主义嘛，跟解放初期入了‘一贯道’的愚昧群众也差不多了。我们劝她，她也不听劝，我们批评她，她还指责我们……后来你妈就提出，绝不能让你跟她再接触下去了。这个意见我是同意的。杨麦，我们知道我们对不起你，没能给你提供一个良好的家庭环境，但恰恰因为如此，我们才格外重视你在中学期间的思想状况——你妈是搞教育的，她指出，青春期是决定一个人人生观和世界观的关键阶段，这个意见我也同意——更何况还有一个高考摆在面前，我们不能让那些不良因素干扰你，阻碍你考上大学，成为一个有用的人……”

父亲坦然地、滔滔不绝地解释着。这份“关于杨麦及其大姨妈关系的处理意见”，也是我父母少有的观点一致的情况。听到他的话，我忽然感到心寒。这是弱小的个人面对强大冰冷、不容置疑的理性力量时的本能反应。但我心里又游走着一丝出其不意的温暖，因为我蓦然发现，我的父母也会像其他父母一样，为了孩子而担忧、焦虑——虽然对于他们而言，一个“有用的人”也许仅仅意味着不给他们添麻烦的人。而再观察一下我父亲的神色，果然隐藏着某种摆脱了烦琐义务之后的轻松感。他或许还高看了我一眼，将我视为了一个预备役知识分子，一个和他、和我母亲一样的“人”。这样的“人”像一百零五毫米炮弹一样，内部填满了知识和理论的炸药，外壳则坚如钢硬如铁，绝不会受到一切邪魔外道的浸染。

总而言之，对于来自大姨妈的恶劣影响，他们现在是毫不担心的了。

我五味杂陈。我既想哀鸣，又想咒骂，我既想嗤之以鼻，又想感激涕零。然而这一切情感都缺乏表达的途径，我能做的，只是目瞪口呆地看着父亲。

父亲又突然一拍脑袋，说了句“等会儿”，转身去了他的房间。片刻他回来，把一沓信封交给我。那些纸张都已陈旧泛黄，有些还粘着污渍。收信人的名字是我，寄信地址则是河南某县。我心里一震，如朽木崩塌，但接过信来，却没有立刻打开，而是甩手将它们放到了打好的包裹上。

“在你放假的时候，她本来还要过来找你，我们让她别来；她又问你在西安上的是哪所中学，我们也没告诉她。但她还挺执着，就断断续续给你写了这些信。”

父亲说，“我们怕她向你宣扬那些莫名其妙的思想，自然不会转给你。但你放心，信扣在我们手里，我们也没有拆开来看，因为你妈不让，她说这种行为属于侵犯个人隐私——不就是那套资产阶级人权观念吗？这玩意儿我又不是不懂，她干吗专门提醒我？分明是想趁机表达对我的蔑视，好像我是一个多么专制和野蛮的人。所以就着这个话头，我又跟她吵了一架……你也知道，我们的关系历来如此……”

“对于陈年旧账，您就不必解释了。”

“我想说的其实不是这些信，而是我和你妈的婚姻。”

“我说的也是您和我妈的婚姻。”我瞄了父亲一眼，露出了和他一脉相承的轻松表情，进而对他们的婚变做出了迟到的评价，“我不仅理解你们，而且还得恭喜你们。你们离得好，是大好不是小好。你们虽然麻烦了民政局，但却给公安局省事儿了——如果还绑在一块儿，谁知道哪天就该闹出人命来啦。”

对于我的表态，父亲的答复是：“你说的也许是事实，但我希望你不要表述得这么玩世不恭。”

## 4

至于大姨妈的那些信，我是在开往北京的火车上才读的。当时又是一个深夜，广袤的大地被隆隆车声打了细密的隔断，我蜷缩在硬卧上铺，一手擎着手电，一手捏着那沓已然发脆的信纸。大姨妈的字迹工整而稚嫩，以蓝黑墨水写就，有的信长，足有上千字，有的信短，不过寥寥数言。在信里，她告诉我，她在想着我，没有忘掉我。她回忆了和我相处的那短短一个月，从吃面到赶集，从洗袜子到尿床。对于琐事的反复描述，让她的口吻变得絮叨，有些语无伦次，但也让我眼眶发酸，手指发抖。

假如说信里还有什么令人印象深刻的内容，那就是，大姨妈曾经在三四年之中，跑遍了大半个中国的山南水北。利用假期、倒班以及厂子因为效益不好而停工的时间，她陆续去过深圳、珠海、福州，还去过我即将要去的北京。师父顶着鼻头上的肉瘤在哪个城市光彩亮相，她就会提前到哪个城市去守候、排队、买票。她的执着，恐怕只有那些发了花痴的追星族可以比拟。而大姨妈追逐着师父做什么呢？两个目的：其一是她没有孩子，想借助师父的能量疏通输卵管；其二则是想替我道歉，请师父不要计较我的瘤上拔毛之仇。

“师父能记千年事，我心里就害怕呀，害怕他想要惩罚什么人的时候，万一把你也算进去可怎么办。”大姨妈如是说。

在我看来，大姨妈当然是过虑了。猴儿一样的师父能怎样惩罚我呢？难道他会像民国时期的诸位“楼主”所写的那样，千里之外飞剑取我首级吗？我一摸头，它硬硬的还在，据说还比过去变聪明了。而在另一封信上，大姨妈又告诉我，她终于如愿以偿地见到了师父。那又是一次带功报告会，为了入场接受发功，她自然又花掉了很可观的一笔积蓄。得以登台参拜师父的大姨妈战战兢兢，弯腰俯首，而师父却看也不看她，一手夹着香烟，一手在她的发鬏上只是一拍。啊，醍醐灌顶，大姨妈登时对自己的输卵管又有了信心。但她却还不走，反而上前一步，焦急地抓住了师傅的胳膊，颤声说：

“再求您个事儿。”

师父半仰着头，说：“啊？”

“我有个亲戚的孩子，他冒犯过您，拔过您的……您可千万别……”

师父继续半仰着头，说：“啊？”

然后就有两个工作人员及时赶来，将大姨妈硬生生地架下去了。

经过这一次求情，大姨妈不仅没有替我放下心来，反而在此后的一段时间里更加心神不宁了。她又开始琢磨师父那两个意味深长的“啊”究竟代表着什么：是同意还是拒绝了她的请求？是压根儿没往心里去呢，还是暗中早有打算？是宽宏大量呢，还是锱铢必较？同时，她还后悔于忘了观察师父肉瘤上的毛有没有再长出来。如果长出来了，那么我的罪过还算是可以弥补的。这件事情缠绕着大姨妈，惊吓着大姨妈，让她辗转反侧，夜不能寐，又让她生发出了一些连自己都没有预料到的想法。

这就是篇幅最长的那封信里所写的了。信纸被钢笔尖儿戳出了若干小洞，足见大姨妈当时的心情之惶然，心理之激荡，“杨麦，我有个念头，也只能对你一个人讲。你说师父这人究竟是善还是恶，是个好人还是个坏人呢？以前没敢想过这事儿，而现在，事情和你相关，我就不能不想了。他如果像他自己说的那么大慈大悲，那么怎么可能记你一个小孩的仇？但我又托人问过师父的弟子，他们一口咬定，得罪过师父的人一定都会遭报应，会出门被车撞死，会喝口凉水都把自己呛死。他们还说，我必须持续不断地参加带功报告会，而且还得发动你和你爸你妈也来，这样才能替你免灾，否则就等着收尸吧。但再一想，这不是打击报复吗？不是威胁恐吓吗？不求着他就不能得到安生，这样的做法，和我们厂的厂长，和我们县里欺行霸市的黑社会又有什么区别？对于一个厉害的恶人，我们只有怕，但却不会信。我不愿意这么想，但我还是忍不住这么想：我信师父是不是信错了？”

大姨妈在和我讨论信仰。或者说，年方十八的我第一次从信仰的角度考虑起了人生。

意识到这一点，我猛喘了几口粗气，胸口似被什么坚硬的大物所阻隔。记得在一本西方小说里看到过，某个圣徒从笃信神明转变为怀疑一切，为了转移失却精神支柱的痛苦，他不得不用铁鞭子抽自己，用通红的炭火烫自己。我还想起幼年住在兵工厂的时候，总是见到一位功勋卓著、参与定型过我们国家多种反坦克武器的老工程师。那老头儿是解放前夕从国外回来的，长了一对大板牙，乐起来的样子喜庆极了，还会吹双簧管，好像一只兔子在啃萝卜。自打离休，老头儿就一直住在干部疗养院里，身体硬朗得很，每天还能下楼去打门球。但是突然有一天，他的身体就垮了，在床上哼哼了三天，随即与世长辞。我父亲代表组织前去慰问，老头儿的女婿痛心疾首地说："都怪电视台，没事儿播什么苏联解体的新闻啊，叶利钦一上台，我岳父就瘫地上了。"这事儿一度还被传成了笑话。而无论是宗教信徒还是"坚定的共产主义者"，他们都证明了"信仰"这个我们凡俗人等听说过没见过的虚幻之物，会对现实维度的"生活"产生怎样巨大的影响。我只是没想到，类似的状况居然会发生在我大姨妈这样一个女人身上。在我的印象里，她所应该操心的东西，仅仅是烩面、输卵管以及少年儿童的生长发育啊。事情的荒唐之处还在于，假如大姨妈的精神状态可以称作“为信仰而受难”的话，她所信仰的又是什么呢？不是宗教，不是政治，不是人类文明衍生出来的一切宏大、辉煌的精神产物，而是一位猴儿一样的师父，鼻头上一个黑瘤，瘤上生毛。

看完这封信，我顺着惯性，把手摸向那沓不薄不厚的信封，想按照时间顺序继续阅读下一封。但却没有了，所有信封都已经被开膛破腹。再看看最末那封信的寄信日期，大约是在三年以前，我刚刚升入高中，并且下定决心要考到北京去的时候。也就是说，在最近的这三年里，大姨妈的生活里发生了什么，她的所思所想又是什么，从纸面上是无从知晓的了。

我把信封摞好，揣进随身携带的帆布书包，强闭上眼，想睡却不能成眠。大约过了一个多小时，这趟贯穿中国北部腹地的列车靠了站，准备在郑州上一次水。乘务员来查票时，我提前下了车。头顶着依稀的几颗晓星，逆着负肩荷担的滚滚人流，我独自往车站外走去。

河南省内运营的长途汽车发车很早，我靠着座椅，终于小睡了一会儿，醒来时已经到达了大姨妈所在的那个县。这是一座建国后为了发展工业凭空按在地图上的小城，但后来国家的政策突然转了方向，于是又被弃之不顾地破败了下去。县城的中心地带充斥着蓬头垢面的灰砖小楼，没有一栋楼的楼道窗户是完整的，远远看去令人想起一嘴坏牙。柏油马路倒还宽敞，路上这儿一片那儿一片地堆满了垃圾，贩运蔬菜的驴车便在垃圾小山之间蹄声清脆地穿行。到处都是烩面馆，字号多为“老×家”，按百家姓赵钱孙李地往下排。我进去吃了一碗，面里也有海带、鹌鹑蛋和卤羊肉，但却是那个味儿又不是那个味儿。吃完面一看表，已经早上九点多了，想来大姨妈如果在家的话，这时候应该是去上班的。于是我到街上找了部公用电话，从口袋里掏出记录着母亲所提供的信息的锡纸，给那个小型国营印刷厂打了过去。

电话响了很久却没人接。难道小地方的考勤制度都是很松弛的吗？我折回面馆，问了印刷厂的位置，得知那儿距离县城还有十来里地，而且不通公共汽车。如果没头没脑地扑过去，再找不着人可就不划算了。于是我又拿起电话，锲而不舍地再打。直打了十来分钟，才有一个老头儿接了，用恼怒的河南口音问我“弄啥”。他随身还带着一只半导体收音机，向我直播着喧闹如骂街的豫剧梆子。我说我“啥也不弄”，就是找人，又报了大姨妈的名字。

老头儿想了想，“有过这人，以前在食堂。”

“有过是什么意思？”我问，“她调工作了吗，还是辞职了？”

“没调也没辞，早下岗分流了。厂子开不出工资，政府把地皮卖给了台商，都好几年了。”

原来如此。那几年国企改革改到了一个坎儿上，大批的工人从来没分享过什么，这时候却突然被呼吁“分享艰难”，而分享的方式则是滚蛋回家。不要说大姨妈她们这种地方小厂，就连我出生的那个“有战略意义”的大型兵工厂，都有几个车间的工人被强行买断了工龄，还得麻烦我父亲挨家挨户地去做工作，结果被人家骂得狗血淋头。那么大姨妈的单位是不用去了。我又摊开锡纸，向老板打听她家所在的那条街怎么走。那地方倒不远，连车都不用坐，穿过县城里最宽、驴跑得最欢的那条干道，再绕过一个邮政所和一家专管“上环摘环”的计划生育门诊部就到了。

又是一排满嘴坏牙的漏风小楼，我兜了几圈儿，终于找到了大姨妈家的那个门洞。上二楼敲门，无人应答。我想，如果她是去街口的菜市场买菜，想必一会儿也就回来了。于是便下楼，找了家小店去喝汽水。刚才那碗烩面放了太多的味精，齁得我口干舌燥的。歇了约莫半个小时，上去再敲，破旧斑驳的木门仍然紧闭。这就让我有点儿慌了：难道大姨妈这时恰好又出了远门，去深圳，去北京了吗？我一边更加用力地擂门，一边扯着脖子喊起来：

“大姨妈，大姨妈。”

眼前这扇门还没动静，背后的一扇却吱扭一声开了。探出来一个小巧玲珑，像机灵鬼儿似的老太太，她也用铿锵的河南话问我：“弄啥？”

“啥也不弄。”我说。然后陈述自己要找人，找我的大姨妈。

“说北京话那个女的，她是你姨？”老太太狐疑地看看我，又指指大姨妈家的门，“她娘家亲戚不是早就死绝了吗？”

“严格地说，我们家也不算她的亲戚，所以没有死绝。”我努力对老太太阿谀地笑着，“但我真有事想找她，她这两天在家吗？”

“早不住这儿了。”

“搬家了？搬到哪儿去了？”

“那就只有神仙和死鬼才知道了。”老太太有着强烈的现世关怀，说话不忌讳生死，不忌讳鬼神，但却忌讳哪怕不在场的活人，因此她突然压低了嗓子，像怕被谁听到似的，“你不是她家熟人我都不告诉你……早离了，离了就走了。”

“和谁离？”

“当然是你叫大姨父的那个。”

“……这是什么时候的事儿？”

“总有一年多了。”老太太说，“其实她人不错，勤快，喜欢干活儿，对男人也好，做饭不重样，想吃啥弄啥。她男人也不错，脑袋活泛，能挣钱，跑运输的，买了两辆大货车，自己开一辆，又包出去一辆。在我们这个楼道里，她家算富户。我们家就不行，儿子下岗了，儿媳妇是农村的。但两个不错的人，就是过不下去了——噫，你知道这又是弄啥？”

“弄啥？”我附和着老太太陡然鼓胀的谈兴。

“弄孩子呀，想弄弄不出来，咋弄咋不行。”老太太一击掌，如拍惊堂木，“你大姨父是单传，越是单传越想往下传，但你大姨不争气。男人嘛，不痛快就喝酒，喝了酒就打，揪着头发往门框上撞。不喝的时候还挺好，知道疼人，给你大姨买抹脸油。不像我儿子，洗头就让我用‘灯塔’肥皂。你大姨比你大姨父还着急，医院看不好，就开始练气功，说能练出孩子，后来精神就练迷瞪了，家也不顾，成天在外面跑；你大姨父就又喝酒，喝完又打……最后就离了。女人都四十多了，治好了也没法生了呀。她走以后，你大姨父也不在这里住了，去货运站看管他那两辆卡车去了。听人说他还想找别人弄。农村女人既便宜又好使，吃饱喝足躺床上就下崽儿，我儿媳妇已经超生两个了……”

老太太讲得有板有眼，高一声低一声，好像在唱豫剧，直到发现我两眼恍惚地走了神，这才停下来。楼道里一静，我倒好像受了惊吓，扑棱打了个哆嗦：

“事情就是这样？”

“事情还能哪样？”

于是我默默扭头，顺着薄薄的水泥楼梯一步一震地走下去。外面阳光扑面，时候已是晌午了，不知从何处来了一股风沙，噼噼啪啪地在建筑物之间反弹。这时我才发现，这县城竟是连一棵树都没有的，一切都暴露在光与风的杀伐之下。这是一次心血来潮的寻访，结局注定是败兴而归。大姨妈已经没有了亲人与家，不知漂荡到哪里去了。但我却又觉得，自己和她之间存在着一种神秘的共振：就像一只鸟扇动翅膀，千里之外的另一只鸟正要腾空离地；就像塞北的冰雪初融，江南的一树桃花便开满枝头。我走在陌生、颓败的路上，感到我的孤独就是大姨妈的孤独，我的伤感就是大姨妈的伤感，我的迷惘就是大姨妈的迷惘。

我突然想哭，大概是大姨妈此时此刻也想落泪。于是我竭力挤出一个笑容来，想让大姨妈的心情也能开朗一点儿。

## 5

但一转眼，我又把大姨妈给忘了。

不仅是她，我几乎忘掉了和过去相关的一切。

我这么说，是不是显得自己有点儿没心没肺？这我承认。但我并不感到惭愧也未曾尝试过自省，因为我根本没那个工夫。作为一个从西北山沟里钻出来的土鳖，北京向我展开了一个闻所未闻的、全新的世界。对于那些光怪陆离的西洋景，想必没有必要进行过多描述，我只是到现在才理解了《子夜》里的吴老太爷为什么一进城就被活活吓死了。而我来得正是时候，我还年轻，在生理和心理两方面同时欲望勃勃；这座城市偏巧也在经历着史上最为癫狂的发育、蜕壳、破茧而出。到处都是机会，让人觉得不狠狠捞一把都对不起这个世道。

我现在仅对自己负责，这令我感到欣慰。

在大学里，我念的是“天体物理”，虽然成天打交道的都是日月星辰，但却没有一刻不在思凡。恰好那两年院校的风气也发生了变化，理工科的导师一律变成了包工头，使唤学生比旧社会的大掌柜使唤学徒工还狠，于是本科毕业后，我一口回绝了以研究生的身份守在天文望远镜前“狗看星星一片明”的机会，参加招考进了一家综合性的地方报社。刚开始还人尽其才地被分到了科技版，后来就被传媒行业市场化改革的大形势逼成了万金油，社会新闻、房产财经、美食娱乐样样都干，基本上遵循的是蛔虫的逻辑：哪个“口儿”能积累到更多的社会资源为我所用，我就往哪儿钻。朋友多了路好走，四海之内皆兄弟，全世界的流氓无产者不联合起来更待何时？而如果非要说原先的专业为我留下了什么裨益，那么恰恰是强化了一个和必要的处事原则相反的道理：每个人是每个人的过客，人与人之间的相隔又何止光年。就像不同星系里的两粒尘埃，如果距离足够遥远，那么亘古以来客观存在的万有引力也可以忽略不计了吧。

这种观念更加助长了我的“独”，令我和父母的关系彻底形同路人。只有在逢年过节给他们分别打电话时，我才会有恍然大悟之感：哦，原来哥们儿也是哺乳动物有性繁殖的产物。在春晚和窗外鞭炮的喜庆喧嚣中，我对母亲的问候也常常以横跨长江黄河的激烈争吵作为收场。到了后来，就连这道例行公事的手续也给免了。大家各过各的，谁也不觉得缺了什么。家庭环境不免影响了我成年之后的感情生活，饶是和姑娘们在床上滚得烂熟，并真诚地仰慕她们身上或温柔或聪慧或善解人意或催人奋进等一切优良品质，但总是在谈婚论嫁的关口上，我就迟疑了，退缩了。我至今无法想象自己能够拥有一个“家”。类似的事情可以一而再，但不能再而三，日子久了，我便落下了个感情骗子的头衔。

最高人民法院核准取消“流氓罪”这一刑事罪名后，颇有几个狐朋狗友声称替我“松了口气”。而我辩解：“鄙人践行的是存在主义人生观——那些女的既然睡了个萨特，为什么不能用波伏娃的心智水平来要求自己呢？”

在既百无聊赖又声色犬马的日子里，我渐渐地混宽了腰围，也混成了某些圈子里的“熟脸儿”。于是我开始尝试着做生意，同时计划一旦“发达了”就从报社辞职。当时人们普遍有个感觉：经过没日没夜的大干快上，我们的社会基本摆脱了一穷二白的局面，西方国家工人阶级的生活水准已经不再像早年间那样令人惊羡了。但与之相伴的，是财富的分配方式也在逐渐变得僵化，如果你不能在闸门合拢、铁幕落下之前挤进一直向往着的那个阶级，很可能此后的半辈子都没有出头之日了。默默地分析了“当前的形势和我们的任务”，我攥着这些年四处揩油积攒下来的几两散碎银子，越发滋生了时不我待的焦躁。凭借消息灵通和认识人多的职业便利，我炒过楼花、贩过红酒，还和音像出版社的朋友“攒”过一套名为《鬼谷子教你企业管理》的光盘，在机场候机楼的书店里口沫横飞地循环播放。这些投资有的赚有的赔，虽然都是一些小打小闹，但一圈儿折腾下来，我账上的数目大概也够在单位附近买一套二手房的了，踮踮脚尖儿还能够得上朝向不好的两居室。在很多人看来，这已经算是相当辉煌的成就，也的确有位打算移民的寓公提出要把名下的一套房子卖给我了。但我却负了气似的心有不甘：难道能够证明我的价值的，只是那一百来平方米封了顶的水泥地吗？王侯将相以及一切社会形态下的既得利益者——宁有种乎？

也就是在这个当口，一位诨名“李无耻”的旧同事联系上了我。这人原先是经济版的，属于我认识的人中最早“活开了”，也最早把胃口和胆子同时撑大了的那一类。刚进报社之初，我们一撮儿年轻人还在鼓动着或真或假的“社会关怀”，跟着特别报道组里的一位老记者做执笔说论为民喉舌状，他却不阴不阳地冷笑着宣布退出，到人事处办了停薪留职——一晃消失了三五年，竟发了。至于此人发财的途径，有人传他是利用内幕消息炒股票，有人则声称他变成了一笔外国热钱的境内操盘手。而当他在一家著名的水疗会所请我吃不穿内裤的晚餐时，我固然要在席间旁敲侧击地套他的口风。

李无耻却总是高深莫测地笑道：“往事不要再提……总之都是分享改革啦。”

“那么就说说眼下的事儿。”我尽量不让自己显得那么热切地问，“你这么忙，找我出来总不会只是为了叙旧吧？”

“当然是为了叙旧。人是感情动物嘛。当年我刚辞职那阵，后勤处要收回我的宿舍，如果不是你收留我，我就得到大街上钻水泥管子去了。”

看到对方眼里居然泛起了鳄鱼的眼泪，我便不妨把话说得直接一些了：“但人也不仅仅是感情动物，或者说，感情还需要用别的方式来体现——”

李无耻睥睨了我一眼，经济动物的狡黠毕现无遗。随后，他懒洋洋地说：“那当然啦，有好事儿就应该和朋友一起分享。”

“分享什么？”

“分享性解放。”

原来他不仅要请我吃请我喝，还准备把日常惯用的几个“喇”安排给我。如此诚意，不免把我感动得七窍生烟：“去你妈的，我还怕交叉感染呢。”看到我骂骂咧咧起来，李无耻才终于摆出了一副稍微正经些的嘴脸。此时，他想必已经对我的决心、胆量和想要“干一票”的急迫程度有了大致把握，进而评估了我是不是一个可以驾驭的合作伙伴。和这种老油条打交道就是这样，你总会在不经意间被对方摸个底儿掉。

于是，李无耻紧接着又说：“既然你也是个有追求的人，我们还可以分享一点儿别的嘛。”

我装作没消气儿，逼问道：“到底分享什么？”

“分享信仰。”

他说这话时，正在把一条剥好了的象拔蚌往嘴里塞去，但是因为蘸了过多的日本青芥末，便情不自禁地打了个喷嚏，看起来好像喷出了一股又长又滑的鼻涕。那条鼻涕就挂在他的嘴边，旋即又被吱溜一声吸了进去。而我的耳边轻轻嗡鸣了几秒钟，一时竟有出离之感，瞪着李无耻，不知该做何反应了。

过了半晌，我才烦躁地说：“你要是觉得我是一傻×，我立刻就可以走。”

“这又是哪儿的话。”李无耻反而委屈起来，“跟你说正经的你也急。”

随后李无耻言之凿凿地向我论述起了他的“策划案”。不得不承认，我们时代最强劲的想象力，总是属于这种百无禁忌的无赖。李无耻打算上马的项目，一言以蔽之就两个字儿：修庙。他问我，从少林到五台再到普陀灵隐，这些旅游胜地之所以誉满天下，仅仅因为它们都是一些壮丽秀美的名山大川吗？当然不是。最主要的原因，还是那些地方有庙，而且是著名的灵验的庙。只要庙在那儿摆着，人们总得进去拜一拜，拜一拜总不好意思空手拜吧，串亲戚还得拎两匣点心呢，遑论看望的是佛祖、观音和罗汉。据他掌握的数据，每个庙里的香火钱比景区的门票收入还要可观，逢到初一、十五这些日子，所谓“头炷香”的价码更是吓人。由此推而广之，现在到处都在搞旅游，新建的景区有多少？有景区而没有庙的地方有多少？有景区想盖庙但当地政府却一时半会儿没钱的地方又有多少？

“这是一片商业的蓝海啊，瓦蓝瓦蓝的。”李无耻说。

“对了，你不怕神佛降罪遭雷劈吗？”

“别在历史唯物主义论者面前来这套‘哩哏儿愣’。”

我和李无耻两眼放光，双掌相击give me five。继而，他又向我解释说，因为这个“项目”太过特殊，不能像寻常的圈地盖楼一样大张旗鼓昭告天下，所以只能“在可靠而有实力的特定人群之中进行融资”。至于回报率，他给了我一个令人心跳的预期。

事后一琢磨，李无耻的“项目”就近乎酒后神侃了。在神志清醒的情况下，我自然不会轻易把宝押在他的身上。然而没过几天，另一件事情却让我乱了方寸。

报社又开始定岗定编了，每个记者编辑都上交了厚厚的一沓自我表扬材料，其措辞之肉麻，几乎可以用寡廉鲜耻来形容。在那些人里面，我的条件还算相对过硬的，起码学历够格，写文章也没出现过用“三人成虎”形容领导班子团结，用“相敬如宾”形容干群关系融洽的错词病句。一个干业务出身的领导还私下透露过他很“看好”我。但评定结果出来，别说没捞到“主任记者”这个用以唬人的头衔，就连按部就班的涨工资也把我轮空了。我不服，找上面去理论，他们告诉我，之所以把我拿下，是因为有人写匿名信，揭发我总在社会上干私活儿、捞外快。那些人还频繁使用了“不安于室”这个词。

回到家里，我貌似平静地阴着脸，心里却像盛了盆滚水。对于那些匿名信，我倒没什么好记恨的，反正背地捅刀子下绊儿从来就是单位的传统。我所愤愤然的恰恰是：我的确长期都在“不安于室”，但为什么久久没能发一注横财？假如我果真在外面混硬了腰杆儿，又何必在意一个劳什子主任记者。像所有一瓶子不满的中国人一样，我把眼下的窘境归咎于自己“胆儿小”。我空有一腔欲望和活络的心思，但却缺乏决断的勇气和行动的魄力，这样的人能成事儿才怪呢。志大才疏说的不就是我吗？

就在这时，李无耻的电话追过来了。他已经晾了我两天，现在又问我“考虑得怎么样”。

我明知故问：“考虑什么？”

他说：“废话，当然是前两天说的那件事。以我的身价，犯得着跟你逗闷子吗？”

我便沉默了下来，听见自己的心脏铿锵地跳了一通，然后咬牙切齿地说：“干就干，谁往回缩谁是孙子。”

就这样，我加入了李无耻那上通神明的宏图伟业。谈及具体出资数目的时候，我总算还残存着一丝理智，没有把手头的现金全都拿去入股，而是留下一点儿老本以备不时之需。除了我之外，李无耻募资的触角还伸向了四面八方，没过多久，他就在京郊一座庙宇的后院禅房召开了一次“集体清修暨股东见面会”，与会人士有靠缝鞋补袜子起家的南方企业老板，有资产来路不明的公职人员，有二三线演员，还有几个腰缠万贯的居士——总之都是些“攥着钱不知道怎么下崽儿的高净值人士”。和那些人相比，我所投入的那点儿资本就是小儿科了，由此可见李无耻倒真有可能是在知恩图报地提携我。而和那些神头鬼脸的社会贤达混迹一处，我固然感觉荒唐，但却对他那个“项目”产生了诡异的信心。

禅房里放置了干冰，云蒸霞蔚得堪比“功德林”的素宴，一位看起来相当面熟的胖大和尚升堂讲法，打了一些“不是眼中有雾霾而是心中有雾霾”或者“你是屎我也是屎”之类的机锋，李无耻则趁机在股东中间乱窜，给大家分配任务：有人负责招募新人入伙，有人负责到政府搞批文，有人负责打通宗教界的关系。我领到的军令是联络媒体炮制文章，把每一座山头上刚兴建好的砖混建筑吹嘘成历史悠久的千年古刹。

“那么你负责做些什么？”我问他。

“这不明摆着吗，我的任务就是整合你们。”李无耻说，“没有我，你们的钱只能待在存折里，你们的社会关系只能画在名片上。哥哥我只不过是把珍珠穿起来的那条线。”

“受教。”

“善哉。”

大约是在那一年的农历四月前后，李无耻给我发来了一份资料，宣布他兴建的第一座庙宇已经竣工，并且和当地旅游部门结成了“战略合作伙伴”。照片上的庙也不是大庙，坐落在湖北的某个温泉度假村里，簇新的红墙金顶，居中一个黄铜打造的佛祖正在拈花。如果幡杆插在背面，那么它倒很像《西游记》里猴子变的那一座。而我不免怀疑，这么偏僻的几间小房子能领受多少香火。事实证明我多虑了。仅仅过了两个月，第一笔分红就打到了我的账上。这是扣除了交给政府方面的承包管理费、土地租金和各种隐性“公关费用”之后的盈余。又过了一个月，第二笔分红如期而至。再到下个月，分红不仅来得早了，而且数字上也有了一个质的飞跃，因为包工队的尾款已经结算干净了。

“你想象不出这个产业的发展空间有多大。”在为下面几座寺庙选址的路上，李无耻兴奋地给我打了个电话，“那座庙只是小小的试水，摊子没敢铺太大，覆盖面无非是周边一个地级市的范围，结果算账的时候把我都给吓着了，佛诞日当天的第一炷香就拍出了六万六千六……谁敢说中国人民没有信仰，那他一定是受了西方敌对势力的蛊惑。”

在真金白银的鼓动之下，我的积极性也被全面调动了起来。此后的几个月，我频繁给李无耻建言进策，比如和“哈佛”也即哈尔滨佛学院合作，为我们的庙宇对口招收专业性强、理论素养高的方丈住持，比如举办一年一度的“佛法高峰论坛”，再比如开发下游产业，生产与“少林酥饼”齐名的“灵隐笋干”“普陀海苔”“拉卜楞砖茶”。对于我的想法，李无耻一概都说好，还给我寄来了一纸聘书，加封我为他那个公司的“创意总监”。他进而又向我透露：“当初找你们融来的那笔钱只是一根杠杆，因为盈利能力超强，它在资本市场上撬动的现金量，将是现在的几十倍上百倍——多少风投公司追着我的屁股跑呢，甩都甩不开。”

“也就是说，一旦你跟那些机构合作，我就有机会变成上市公司的股东了？”

“那当然还不至于……你是个懂政策的人，应该知道咱们的项目毕竟游走在灰色地带。但在中国，越是这种闷声发大财的买卖，就越是游资趋之若鹜的肥肉，只要把那些大金主诳进来，我可以确保你那些股份的价格后面起码加一个零。”

我按照李无耻的思路预估了一下身价，陡然觉得自己顶天立地地堂皇了起来，连灵魂都饱胀了，充盈了。一旦认为光明的前景触手可及，我为人处世的态度也发生了变化。我发现原先看不顺眼的人并没有那么面目可憎，遇到涉及个人利益的纠纷时，摆出高姿态也不是什么难事。单位的人都夸我“成熟了”“平和了”，而我则把这理解为成功者特有的矜持以及优雅。我需要做的，只不过是把自己的好心情赏赐给别人一点儿而已。

很遗憾，这种充满正能量的状态并没有持续多久。转眼入了秋，事情起了变化。

先是分红来得迟了，再一查数目，还比当初的约定少了许多。我怀疑李无耻私自截留了大家的钱去花天酒地，便打了个电话敲打他。李无耻解释说他只是一时把战线拉得太长，造成了现金流的紧张，并保证下次一并补上。我权且信了他，耐着性子又等了些时日，结果不仅分红没等来，再给他打电话，竟然关机了。这立刻让我慌了神。要知道，这种小范围的融资虽然在生意场上比比皆是，但收益越高风险越大也是常识。而在此期间，另外几个投资者也察觉到了风声不对，大家集体发动起来，一边到李无耻开在国贸的公司堵门，一边又派人去实地考察那些寺庙是否运转正常。

一番调查，得到的消息是：已经建成的庙们仍然在开门揖客普度众生，但香火钱的营业额却一落千丈，而尚未竣工的寺庙干脆被废弃了；至于李无耻，他已经连续几个月都没来上过班，连手下人都遣散了。原先不是蒸蒸日上吗，怎么突然就垮了？对于庙和李无耻的担心汇总为对钱的担心，众人连开了几次股东会，有人提出报案，有人认为不妥，有人要把庙卖掉撤资，有人又舍不得，一时间乱哄哄的没个准主意。

那段时间，我急得满嘴起燎泡，整宿整宿地睡不着觉。在李无耻攒起来的那伙儿投资客中，大多数人都另有财源和生意，只有我是把鸡蛋放进了一个篮子里。我一边懊悔于当初不该冲动，一边又惴惴不安地继续寻找李无耻，还从报社人事处的旧档案里翻出了他家人的信息。李无耻的父母都是退休小官僚，早就被他空运到加拿大的多伦多去了；而他老婆则是什刹海附近一个民乐团的乐手，“国家专业二级吹箫”，那娘们儿答复我说：

“他不就骗了你点儿钱吗？我更惨，连肉体带灵魂都被一锅端了。”

强迫自己接受了最坏的可能性之后，我的悔恨就变成了哀怨，哀怨又滋生了更加强烈的、指向身边一切人和事的悲愤。恰好那几天单位正在发中秋节的月饼，传闻报社里的头目以及他们跟前的红人都是大三元的“莲蓉蛋黄”，而包括我在内的一般群众却是郊区小厂的“冰糖自来红”。面对这种不公，我无法再保持得意者的超脱，而是毕现了失意者的苛刻，先是在办公室里说了一通风凉话，后来越说越气，索性闯进工会主席的办公室，把月饼摔在桌上继续声讨。那个狡猾的胖子还想抵赖，声称“大家的月饼包装都一样，你又没有证据”，我便夺过了他本人的那一盒，拆开来一块一块地按碎，“榨出了皮袍下藏着的卵”，顺势又将那些蛋黄塞进了自己的嘴里，示威性地大嚼，嚼得满嘴直流黄汤儿，那模样好像正在兢兢业业地吃屎一样。

工会主席气得直打摆子，单手搓乳，“你怎么比那个李无耻还无耻？”

我却突然停止撒泼，鼓着腮帮子和眼珠子看着他。李无耻已经离职有些年头了，他以前犯下的劣迹也早已成了单位里的过眼云烟，工会主席为什么还会提起他？心里蓦地一动，我上前两步，把脸凑过去，嘴里的屎汤子几乎喷到对方脸上：

“你最近见过李无耻？”

“见过。”工会主席茫然地说。

“你也在他的生意里入了股吗？”

“就他还做生意？”工会主席嗤笑了一声，“他前一阵突然来找我，说被老婆扫地出门没地儿住了，非要租住单位的临时工宿舍。我看他可怜，又给磨得受不了，就给了他一把钥匙，结果租金一拖欠就是三个月。”

原来如此，真是得来全不费工夫。我立刻出了门，穿过办公楼门前的马路，奔向对面一栋住宅楼的地下室。那里有单位早年间买下的一排单间，分给农村来的清洁工和保安做宿舍，还有一些用作存放杂物的仓库。逼仄的水泥走廊暗无天日，老鼠横行，这儿一摊那儿一摊地淌着积水。当我来到最靠里那间房子的门口时，发现门竟没关，一推就开了，露出了盘腿席地而坐的李无耻。他把裤管撸到了膝盖以上，面前放着一瓶红星牌二锅头，却不是在借酒浇愁，而是把酒倒在了腿上，咯吱咯吱狠命搓着。

看到我进来，李无耻倒不惊慌，“你干脆弄死我算了，我肯定不跑——跑也跑不了，在这种地方窝了这么长日子，不得关节炎才怪呢。”

我蹲在他面前，“说说吧。”

“还有什么可说的，总之是坏了事。”李无耻懊丧地回答我，脸上居然挂着一派坦然。

我追问：“哪个环节坏了事？跟你合作的风投公司资金链断了吗？”

“怎么可能。那些公司的吸金能力比我可强多了，而且还有银行背景，怎么会没钱呢。”

“要不就是政府方面出了问题，要查封你的

买卖？”

“那也没有。承包寺庙这事儿虽然在佛爷面前稍微有点儿说不过去，可是也没违反商业原则市场原则啊，地方政府还指望着我那笔进项填充小金库呢。再说我上上下下该打点的都打点到了，他们吃我的嘴软，凭什么跟我过不去。”

“那到底是怎么回事，怎么说倒就倒了？”

李无耻良久不响，形同呆滞，突然眼睛一轮，迸出一句话来：“信仰出了问题。”

我作势要跳起来，“你丫找抽呢是吧？”

“你别一听信仰就急行不行，让我慢慢说嘛。”

李无耻撅起那瓶红星二锅头，咕咚灌了一口，被辣得挤眉弄眼，结结巴巴地将事情的原委告诉了我。具体地说，应该是和尚出了问题。原来承包寺庙这桩生意也不是说干就能干的，除了募集资本和打通政府关节这些常规动作之外，还得获得来自宗教界的有力支持。这就类似于想开画廊总得认识美术协会的领导，想办课外补习班最好有教育局的亲戚。李无耻用来扯虎皮做大旗的，正是在股东会议上露过面的那位胖大和尚。此人的经历也称得上传奇，他是半路出家，并未在国内的任何一所寺庙修行过，而是在东南亚云游的时候突然“悟了道”，不仅用马来语和汉语“双语写作”了好几本佛学专著，而且深受当地华侨富商的追捧。而我之所以看这和尚眼熟，是因为亲手编过有关他的新闻——那是在零八年金融危机期间，“东盟华人佛教界”在泰国举办了一场披金挂银的盛大法事，“为提振世界经济信心祈福”。可惜法事余音未了，远在大洋彼岸的美国“雷曼兄弟”公司便应声而倒，那些阔佬信众在连锁反应中纷纷破产，他本人也混不下去，只好回国发展。没想到这边风景独好，作为一个特别会念经的外来和尚，很快迎来了事业的第二春。在一个饭局上和李无耻一拍即合之后，这位大德高僧欣然答应出任“挂名总住持”，在全国各地走马灯似的为其宣传造势，极大地确立了造庙计划的周密性与可行性。李无耻的生意在最初的阶段顺风顺水，自然与这位和尚的鼎力相助密不可分，不要说出手阔绰的有钱香客都是慕了和尚的大名而来，就连准备给他追加投资的金融机构负责人，也是和尚通过徒子徒孙引见的。然而成也萧何，败也萧何，早在和尚志得意满地四处弘法时，就已经被经侦部门暗中盯上了。没过多久，警方突然查封了他的户头和账号，随后公布了一系列调查取证的结果：伪造批文、偷税漏税、开空头公司……这时才知道，该和尚不满足于只在李无耻那儿占干股拿分成，还在背地里亲自操盘了许多买空卖空的生意，就连李无耻都不敢触碰的法律红线，他也“本来无一物”地视若无睹。虽然李无耻把这次事发归咎于和尚调门太高，遭到了佛教界同人的忌妒和举报，但平心而论，这人空有奸商的胆子却没有奸商的脑子，不“折”才怪呢。

随后的进展也是生意场上的常规动作了：断其根茎，树便倒了，树上的猢狲跑得快的四散而逃，跑得慢的只能被活活砸死。高僧转眼变成了经济犯罪嫌疑人，围绕在他周围的买卖人纷纷与他撇清关系，就连他本人也重施了在东南亚时的故技，弄了张假护照遁得无影无踪，单把一个李无耻撂在了里面。李无耻融资来的钱都被用来盖庙，尾大难掉，连脱身都不能；更要命的是，庙的声誉是与和尚的声誉紧密挂钩的，现在“挂名总住持”在佛教界臭名昭著，香火自然也就断了，基本上变成了一堆散落在崇山峻岭之间的烂尾楼。

“我就不明白了，他一个和尚，要那么多钱干什么呢？要钱也就罢了，为什么不能规规矩矩地赚啊，干吗非要犯法呢？”说到这里，李无耻的脸上露出了货真价实的迷惘，“这不是信仰出了问题，又是什么？”

我却全无心思和他探讨那个只在形而上的领域存在的名词，而是一头扎进形而下的泥潭里越陷越深：钱啊钱，我的存折上本来应该有一个零，两个零，浩浩荡荡的一长串儿零，但现在，这些零全都像薄皮鸡蛋一样应声而碎了，汁液淌了一地。前些天我还在提醒自己成了富翁之后“也要保持一颗平常心”呢，结果一转眼就变回了一个近乎赤贫的无产阶级。我点上一颗烟，嗞嗞作响地抽着，像个陀螺似的在那又潮又阴的方寸之地不停地绕圈儿。

这时李无耻却从梦呓的状态里醒了过来，他“咕咚”又灌了一口二锅头，仰起脑袋望着我：“对了，你还有没有钱？”

“你还有脸问我这个？”

“没辙，我也只能问你了。这票哥们儿是玩儿砸了，×干毛尽，众叛亲离，如果你再不给我点儿跑路盘缠，我迟早得让别的债主活剐了——到那时候，你的投资可就真打了水漂了。倒不如给我留条活路，等我将来翻了身，一定会记着你的好儿的……权当是再花点儿小钱买个希望吧。”

“希望？”我看着他那双推心置腹的三角眼，甩手给了他一个“搂脖儿”，“我希望佛爷开眼，早点儿收了你这个妖孽。”

按照商业理性，我还应该把李无耻捆成一只肉粽，再到法院起诉他：这厮要是能东山再起，恐怕猪都能飞上天；而如果其他投资者知道我放走了他的话，谁知道那些人会不会怀疑我跟他是一伙儿的呢？到那时候，背黑锅的就有可能是我了。于是我掏出手机，打算给其他人打电话。地下室的信号很不好，还没拨通就断了，我又粗暴地骂了一句，瞥了瞥仍在四仰八叉地呆坐着的李无耻，换了个角度，让手机搜寻信号。

但就在那个瞬间，当我看到李无耻鼻涕先于眼泪流下来的脸，看到他像瘸了腿的狗一样的苦相时，手指却不经意地哆嗦了一下。随即，一个念头闪了出来：

既然大家都是穷光蛋了，又何必逼人逼得太狠呢？纵然无耻如李无耻，毕竟也是条性命嘛。我还隐约想起，以前也曾经有人在自己走投无路的时候，却把一个“越过越好”的机会让给了我。那个举动既使我愧疚，又使我忧伤，还让我感到自己虽然孑然一身，却在人间有了依赖。

那么，这个人是谁呢？

时隔若干年，大姨妈再一次回到了我的记忆之中。她在我脑海里浮现出来的模样仍然是那么年轻，有着一张白净的鹅蛋脸，时常颔首露出忧愁、隐忍的神色；她还有一双勤快的巧手，转眼就能做出一碗烩面，面里有海带、鹌鹑蛋和卤羊肉。仿佛因为被我抛进了意识的犄角旮旯，大姨妈便躲过了衰老的追逐。然而我知道这不可能，不要说是她，就连我都已经地覆天翻地变了。我从懵懂的傻球变成了孤僻少年，现在又变成了一个因为欲望勃勃而愤世嫉俗的家伙。此时此刻，假如我和李无耻这种人身上也发生一次卡夫卡笔下的“变形记”，或者是按照中国古代神魔小说的思路，被照妖镜照出了原形，那么我们所最终变化而成的，应该不是甲虫狐狸琵琶兔子之类，而是一群在簋街夜市上深受欢迎的小龙虾。这东西学名克氏原螯虾，杂食，生存能力极强，擅长攫取，能够适应极其肮脏、阴暗的环境，并且总能在腐烂的泥土中发现养分。它们的形态外强中干，性情又非常残暴，在食物匮乏的时候会果断地同类相食。真是这样的话，如果大姨妈见到了我，她还能认出我来吗？虽然我长久地把大姨妈抛诸脑后，但一想到我们可能会互不相识，在孤独地转动着的地球上彻底断绝关联，一阵痛彻骨髓的悲伤便击中了我，同时令我感到了莫大的恐惧。我突然发现，自己可能还是当年那个会在半夜里被风雨声吓得尿床的孩子。

草蛇灰线，是大姨妈在我的心底种下了一颗善念的种子。这颗种子在它最不该发芽的时候发了芽，让我灵魂一颤，随之改了主意。我叹了口气，把电话揣回兜里，出去从为数不多的存款里取了几千块钱，交给李无耻。

李无耻那张巧舌如簧的嘴都抽搐了，“兄弟，让我说什么好呢，兄弟……”

“赶紧滚蛋。”我厌恶地说，“咱们可不是那种能够互相抒情的交情。”

直到李无耻一瘸一拐地走了，我还站在空荡荡的地下室里，歪着脑袋发呆。往事并不如烟，往事猝不及防，往事纷至沓来。这么多年过去了，大姨妈如今会在哪里呢？她离婚之后是一个人过吗？但和高中毕业时不同，这一次，我没有再向家人打听大姨妈的下落。长到如今这把年纪，我已经不习惯在人们——尤其是互相较着劲的亲人面前——暴露自己人格中柔软的那一面了。这种心态犹如条件反射，但也颇为务实：感时伤怀给谁看呢？那不会对我们有任何帮助。何必为了多年前那段短暂的温情，再给今天的生活增添羁绊。我们能够做的，大概只有互不相顾，硬着头皮，在苍茫杂乱的世事里走一步算一步罢了。

因此，我回去睡了个觉，勒令自己重新忘掉大姨妈。眼不见心不烦，心不想眼不乱，不闻、不见、不念，让她“就在那里”便好。

我貌似轻易地做到了。

## 6

重逢之路山遥水远，还是接着从我说开去吧。

李无耻丢下一屁股烂账，随即落荒而逃，我也只好继续留在报社上班。被迫接受一个失败者的身份，这无疑是痛苦的，而除了开会走神、憋不住冷嘲热讽和脾气喜怒无常之外，我还添了个新毛病，就是格外留意那些被吹嘘得玄而又玄的人物，并难以自抑地用最大的恶意去揣测他们。恰好，在随后的一段日子，又有几个堂皇的偶像轰然而倒，其中包括深受女演员爱戴的“道长”，也包括精通房中术的“国师”。在媒体人掀起的打落水狗运动中，我表现得异常积极，跳出来撰写了一大批尖酸刻薄的文章，竟然荣幸地被一些以“文胆”著称的文化人引为同道，还被扣上了个“公知”的头衔。固然，我心里明白，自己写那些东西只是出于恨屋及乌的泄愤，但毕竟是学理科出身的，假如说我还保留着所剩不多的一点儿真诚，那就在于写文章的时候，略微比别人注重调查研究。这无疑是个苦功夫，我必须花费大量的时间搜集素材，查阅诸多“大师”“高僧”和“当代圣人”们的相关信息，包括他们的基本生平、教育程度、行骗伎俩以及露馅儿的过程。

然而也怪了，越是深入研究，我就越受困于新的迷惑。正如李无耻所言，神棍们的招摇撞骗已经成了一个巨大的产业，这个产业和色情业，和形形色色的“腐败经济”一样，虽然半遮半掩但却确凿存在，并且有着清晰的利益链条，不知多少人指着它吃饭呢。假如把该产业所牵涉的资金总量统计出来，想必会得出一个骇人听闻的数字，没准儿都能超过哪个偏僻小国的国民生产总值了。那么问题来了，我们的政府不是在建国初期就基本扫除了文盲，并卓有成效地改造了广大人民的世界观吗？出于各方面的需要，国家还批量制造了我父母那种“有思想有文化的新人”。西方历经几百年才走出了黑暗的中世纪，而这个过程在我们这儿只用短短几十年就完成了，这不管怎么说都是伟大的成就。但与此同时，我们却目睹着身边的人们一而再、再而三地被莫名其妙的荒唐玩意儿所蒙蔽：打鸡血、红茶菌、气功与特异功能、一嘴鸟语的占星师、东北口音的仁波切……古今中外的怪力乱神在这片土地上大开筵席，每个敢于信口开河的江湖术士都能分一杯羹。哪怕是在中关村和学院路这些“高素质人士聚集地区”，有关部门也不得不四处张贴“崇尚科学，反对邪教”的宣传标语。隔三岔五就会爆出新闻：研究生学历的女白领被教主“双修”出了一身妇科病；成功的商人把妻子情妇全宰了，只为“集体飞升到不受婚姻法管制的美好世界”。不免让人怀疑，难道“不问鬼神问苍生”只是一小撮儿中国人一意孤行的高蹈信念，我们民族从骨子里却是“不问苍生问鬼神”的吗？或者说，假如启蒙精神是一束光芒的话，那么其形态大致类似于孤零零的探照灯，仅仅扫过之处被照亮了一瞬间，而茫茫旷野之上却是万古长如夜的混沌与寂灭？如果是这样，那可真是以有涯求无涯，他妈的殆矣。

上述杂感被我原原本本地写进了文章，也令我破天荒地意识到，自己与生俱来、深信不疑的那套思维观念很可能是虚弱的，甚至是虚伪的。这让我着实害怕起来，有如远古先民好不容易乘船漂出了渤海湾，却发现面对的是更加浩瀚的太平洋。正是在这期间，我的身体也出现了异常，总会像个更年期妇女一样彻夜难眠、心悸盗汗、头晕便秘。有一次正在外面蹭吃蹭喝，我突然就喘不上气来了，憋得满脸通红，连向旁人求救的力气都没有。同吃的人还以为我“高”了，后来见我两腿一软，出溜到桌子底下去了，这才大呼小叫地架着我上医院。医生怀疑我患上了冠心病，但该做的检查都做了个遍，却发现血管并没有堵塞，心肌也没有缺血。遂将我转入神经内科，测试我的迷走神经是否出现了紊乱。结论是也没有。

“这事儿麻烦了……不过也很简单。”医生看着报告单嘟囔说。

我一头雾水，“您什么意思？”

“你这些症状，基本上可以判定是情绪造成的……多半是焦虑症。现在这样的病例很多，看着膀大腰圆的，各项指标也挺正常，可老是不舒服。医学上普遍认为，这是因为精神压力过大，对神经反射系统产生了影响。”医生解释完，又干脆地两手一摊，“但心内科治不了心病，神经内科更管不着神经病，你这毛病有专门的地方收治。”

他们就这么诊断了我，又轻松地把我拒之门外。揣着转院单前往一家著名的精神专科医院报到时，我的压力却比知道自己得了焦虑症之后还大。再怎么说，我依然坚信自己是一个心智健全的正常人，而在我们的印象里，精神病院收治的都是些什么人物？不是衣不蔽体的疯子，就是满脸口水的二傻子，他们不知道钱难挣屎难吃，不知道官大一级压死人，甚至不知道一加一等于二。我丝毫没有歧视那些同胞的意思，有时候还挺羡慕他们的，但说到底，他们跟我不是一种人。他们相当于未经审判就被投进了监狱，而我虽然不敢妄谈“自由”，偶尔还会觉得自由多了也不知道该怎么使，但一想到自己有可能丧失仅存的那点儿人身权利，仍然感到不寒而栗。

实际的看病过程却寻常得让我隐隐感到失望。哪里有什么电棍和囚室，裸奔也无缘观摩。挂号大厅和一般医院没什么两样，里面挤满了男女老少，他们除了脸色略显憔悴之外，怎么看都是一般人。可见人民群众之中隐藏了多少精神异常的家伙，而我荣幸地成为了其中之一。经过简单的分门别类，我被安排给了一位年轻的女医生，据说还是个博士。她听完我的描述，给我开了百忧解、阿普唑仑和一定剂量的镇静剂，又例行公事地叮嘱我不要滥用药物以免引发副作用，然后打发我走人。我揣着瓶瓶罐罐出门溜了一圈，怎么想怎么觉得不对劲，便又折回去找她。

“你不是看完了吗？”女医生又送走了一位每天都要检查一百多遍煤气开关的强迫症患者，抬起头来问我。

我向她抱怨，既然“精神病”说起来要比“神经病”复杂一些，那么她对我的治疗是不是太过草率了。为了强调我的意见的重要性，我又贱兮兮地申明自己是个记者。对方却笑了，告诉我说，根据权威机构的统计，我们国家的精神疾病患者已经超过了一亿，但精神方面的医生却又少得可怜，假如每个病人都想多聊两句，她们把嘴皮子磨烂了也不够使的。而我要是非得“过一把美国中产阶级的瘾”，像伍迪·艾伦电影里的主人公一样跟心理医生絮絮叨叨，那就只能挂医院的特需号了，只不过价格也是跟国际接轨的。

听完她的话，我估算了一下自己的经济状况，咬牙道："事关灵魂，这钱该花还是得花。"

女医生耸了耸肩，给我开了单子，"你可能把自己的灵魂看得太娇嫩了。"

从此以后，我就成了精神病院的常客。幸亏报社的作息制度比较弹性，我又混成了个死猪不怕开水烫的破落户，没有任何一个领导需要我像眼前花似的随时待命，于是得以每周两次溜号出去，找那位名叫彭佳亿的女医生坐而论道。而既然特需号的价格已经接近了夜总会里"公主"们的台费，彭佳亿的表现就是尽职尽责的了。她鼓励我敞开心扉，把从小到大所受过的心理创伤对她如实招来。当我这么做了之后，她便将我焦虑情绪的原因归结为长久以来迫切地想混成"人上人"却又不得其法的尴尬局面，随后又进一步深挖思想根源，指出我父母早年间的那场婚变才是导致我缺乏安全感的罪魁祸首。客观地说，这两个结论都没什么新鲜的：前者在我们这个国家几乎放之四海而皆准；而后者无非是把我定义成了一个弗洛伊德病例的中国翻版。从疗效上来衡量，这种昂贵的问诊就更不具有性价比了，聊完之后仍然得靠吃药才能控制我的症状。然而我却好像越来越离不开医生了，到了时间不去找她就会坐卧不宁。身为一个特别爱胡思乱想又特别爱信口开河的人，我好像活了这么大，才分清楚了“想”和“说”的区别。回忆是一个人的事情，只能让你心里的重量层层加码，而倾诉却有对象，有听众，它能够帮助你把那些重量分担出去。

但即使是把自己“煽”得鼻子发酸，我却从来没对彭佳亿提起过我的大姨妈。对于我的隐瞒，她是否有所察觉？这就不得而知了。随着接触日久，我们的关系也发生了一些变化。先是她提出，以后不必给公家送钱了，反正都是务虚的聊天，我们可以换个场合免费聊，我来负责请她吃饭或者喝茶就行；后来我又主动把自己写过的那些文章送给她看，听她对我那些过火的言论发表见解。当我们不再以医生和病人的身份见面，我就禁不住从另一个角度观察彭佳亿了：这个大龄女青年长得不算漂亮，但她单纯、聪慧，又不像很多自以为脱俗的俗妞儿那样做作；更令我羡慕的是，虽然一天到晚接触的都是些在精神上有问题的人，但她本人却对生活抱有一种明朗的观念，即，万事万物都应该以一定之规正常运转。每次与她见面之后，我都会觉得心情踏实了许多，仿佛身处在世界上光明的那一面。而现在让我操心的，则是我们的交往是否有悖她的职业道德——据我所知，男医生如果把女弱智哄上了床，那是要以强奸论处的。

当然，彭佳亿从来也没让我的意淫变成现实。她恰到好处地拿捏着尺度，并且很享受于这种说朋友不算朋友，说暧昧不算暧昧的状态。我们之间最亲密的肢体接触，也仅限于我在电影院里有意无意地触了触她的手，而她脸色一红，迅速躲开。事后彭佳亿告诉我，因为来到北京之后一直在忙，先是忙于上学，接着忙于工作，将来还要忙于开自己的诊所，她早已经打消了谈婚论嫁的念头。在她看来，曾经的两段恋爱失败不仅“耽误事儿”，而且还会把她拖入到心理医生所忌讳的非理性状态中去。

“那其实也是病。”说到这里，彭佳亿发表了一句少有的偏激之词。

略感失落的同时，我反而如释重负。也正是那天，彭佳亿建议我主动与我母亲和好。

“这是医生的建议，还是朋友的建议？”我问她。

“既是医生的，也是朋友的。”彭佳亿解释，比起那些真正的精神重症患者，我的毛病固然不值一提，但要想摆脱对药物的依赖，“心病还需心药医”也是必不可少的。单方面的倾诉都是治标，让骨肉亲情恢复常态才是治本。而我权衡了一番彭佳亿的建议，觉得道理固然没错，可她的想法太幼稚了——如果我和母亲之间有能力开诚布公、互相体谅，又何必时至今日才由彭佳亿从中说项呢？冰冻三尺，冻得太久，也许融点都消失了。

但尽管不抱成功的期望，我却还是打算试上一试。这么做不是为了别人，恰恰是为了彭佳亿。在北京生活了这么多年，我就连那些明知有诈的暖心话也很少听到过，反倒是这个冷冰冰的心理医生正在替我着急。再说得直白点儿，我不能给脸不要脸。

“我都不知道跟她说什么……”我嘴上还在搪塞。

“聊聊你们以前的那个家，或者聊聊现在的生活。

关键是态度。”

“我也不敢保证她是什么态度，更不敢保证我的。”

“你得记住这是治疗，甚至说是修炼也行。”

在彭佳亿的敦促下，我回到家里以后拿出了电话本。拨号长长短短再长长短短，不多时，长江以南的母亲家里便传来了回音。是个女声，比母亲的音色稚嫩得多，想必是我那同母异父的妹妹。她叫小米，也已经上中学了。小米生硬地问我是谁，我和颜悦色地介绍自己“可以算是你的哥哥”，又问“你妈固然也是我妈——在吗”。妹妹平添了鸡被黄鼠狼拜年的警觉，还夹带着两分不屑，撂下电话让我候着。听得出来，这女孩也是一副执拗的性子，再加上正处在叛逆期，估计够我母亲喝一壶的。

等了好一会儿，母亲终于出现了。她拿起听筒，却不说话。我们都在等待对方先开口，再根据对方的语气来确定这次谈话的基调。

既然接受治疗的是我，我便先唤了一声：“妈……”

母亲冷冷地问："你要干吗？"

又是这样的问话，又是这种口气。我尝试着突破横亘在我和母亲之间的尴尬，"不干吗，打个电话而已。"

"有什么好打的，长途那么贵。"

"我想知道您过得怎么样。"

"你还有这个闲心？"母亲哼了一声，"早干吗去了。"

"现在也不晚，对吗？"

"那我告诉你，不怎么样。你称心了吧。"

"哪儿能这么说。您要是过得不好，我也有责任……"

"哟，话里有话呀。你的意思是不是，你要是在北京没混好，也是我的责任喽？"

"您这可就有点儿抬杠了。"

"你过去不也老跟我抬杠吗，我是以眼还眼。"

母亲的态度比以往更冲，更硬。我只好又闭了会儿嘴，给了自己缓和情绪的空间。等到再开口，我的腔调更加低伏了，"那我向您认错好吗？我给您打这个电话，只是因为我累了，孤单了，想找个亲人说会儿话。我也反思过咱们的关系，说到底，您毕竟是我妈，我毕竟是您的儿子，这是老天安排的，谁也没办法。咱们应该做的不是老盯着以前的事儿看，而是多想想往后的日子该怎么过。毛主席也教导过我们，牢骚太盛防肠断，风物长宜放眼量……”

这段话几乎像是电视里的那些家庭调解节目里“扒”下来的，但我却说得不可谓不恳切。彭佳亿说得对，关键是态度，态度理顺了别的也就好说了。这时候，我心里突然一阵松快，开始庆幸于自己接受她的建议了。刚才那些话曾经在我心里百转千回地排演过无数遍，但如果不是打着“治疗”的幌子，我是绝对说不出口的。

果不其然，母亲没再拿话噎我。她沉默着，任由嗞嗞啦啦的杂音在电话里作响，听起来很像按捺不住的吮泣。虽然心里知道，我母亲即使真被戳中了痛处，也不屑于在人前说哭就哭的，但我却乐于幻想这样一幅场景：她正一手攥着电话线，肩膀倚在门框上，眼泪顺着她紧绷的脸流淌了下来。娘亲呀，多年以来，我是多么渴望看到你的眼泪，又是多么渴望在你面前流泪啊。如果我们这样做了，我又何至于蜷缩在别人的怀里放声大哭呢。

母亲终于再次开口了。但与我的期待相反，她的语调非但没有软下来，反而更加僵冷了，“杨麦，我倒要问你一件事。”

“您说……”

“你给我打电话，是因为可怜我吧？”

我一愣，“您这是说哪儿的话？”

母亲又问：“你是不是听说了那件事？”

我更诧异了，“……哪件事？”

“你叫大姨妈的那个女人做的事。”

母亲突如其来地提起大姨妈，让我心里一抽。虽然屋里没别人，但我还是下意识地把听筒在耳朵上按牢，不让她的声音泄露出来。杂音更加凸显了，如同嘈杂的雨越下越大。母亲的气息也变得紊乱，气流与她的牙齿摩擦着，发出近乎尖锐的哨音。

我说：“今天我找您，是想谈咱们母子的事儿，就别牵扯别人了……那没意义。”

令我措手不及，母亲索性暴跳了起来。她对我喊叫着，连嗓子都劈了。电话咯咯作响，可见她正在多么用力地捏着塑料听筒，“你少来这一套。你不是最喜欢她吗？你在西安上学的时候，我有没有去看过你，可你对我是什么态度？你考上大学之后，连个信儿也不跟我通一下，给我打电话反而先问她。你压根儿就没把我当妈，她，那个厨子的闺女，才是你妈。早知道养个儿子会是这种结果，当初刚生下你的时候，我就应该把你过继给她，反正她的输卵管有毛病她也生不出孩子。这么多年以来，她一直就是个疯子，而你是一条白眼儿狼。你们是大精神病带着小精神病，国家应该把你们一起关进精神病院里去……”

母亲为何如此失态，她又为什么非要死揪着大姨妈不放呢？对于我们一家人，大姨妈明明就像一个幽灵，已经游荡到生活之外了啊。我的耳朵被震得嗡嗡作响，脑袋里好像飞着一群如火如荼的苍蝇。母亲越说越激愤了，并且越发迁怒于我。这时在她口中，我打电话的原因就不是“可怜她”了，她声称，我和大姨妈多年以来“串通一气”，憋着“害”她，“整治”她，而现在，我们终于“得逞”了，可以“弹冠相庆”了。

最后，还是我那同母异父的妹妹结束了这场控诉。女孩的声音出现在母亲身后：“有病，你们都有病。”声音不大，但却笃定，瞬间令母亲闭了嘴。我们都无言以对，仿佛对这个评价表示认同。瞧瞧，大人给孩子做了个什么榜样。然后母亲嗓子吭了一声，再开口时便恢复了平静。她又是那个刻意地保持着大宅门身份的知识女性了。她在暴怒与文雅两种状态之间切换得如此迅速，如此缺乏过渡，这一点也让我惊奇。

生活呀，真是个磨人的玩意儿。

总算问清了“那件事情”的原委。前不久，早已断了线的大姨妈突然来到了南京，造访了我母亲家。两人上一次通电话还是十多年前，当时大姨妈想去西安的中学找我，被我母亲断然拒绝了。长久不见，一朝重逢，母亲发现大姨妈依然还是那个任劳任怨的“大姐”，她一进门就开始扫地、洗衣服、做饭，好像那些活儿一直在那儿等着她干一样。熟悉的感觉让人念旧，对于因我而起的那点儿龃龉，母亲也不好意思记在心上了。更令母亲感到欣慰的是，大姨妈现在已经不再宣扬那套“神神鬼鬼的东西”了，关于“师父”“能量”和“特异功能”，她一句也没再提起。

反而是母亲主动问：“你现在……还练功吗？”

大姨妈说：“不练了。”

“怎么就不练了呢？”

“那玩意儿没用。孩子没练出来，男人还给练跑了。”

又说：“师父也没了影儿，想练都找不着人了。”

还说：“怎么早没听你的话呢。”

说这话时流露出一丝凄然。而在母亲看来，大姨妈的转变非但不突兀，而且是天经地义、顺理成章的。仿佛是在一夜之间，横扫中国的“气功热”就偃旗息鼓地退了潮，原先盘踞在公园里发功打坐、吐纳采气的人群被载歌载舞的老年合唱团所取代，练气功和粮票、外汇券、BP机一样，恍然变成了上一个时代模糊的影子。既然大姨妈活生生地出现在了当下，又既然频繁的“幡然悔悟”和“重新做人”几乎成了这几十年中国人生活的常态，那么大姨妈也一定是与过去绝缘的了。同情之余，母亲也开始调整心态，“别用老眼光看人”。

果不其然，再仔细打量大姨妈，她的打扮和过去一样素净而简朴，但周身上下却又流露出一种别样的、不同于以往的气息来。这表现在零零碎碎的物件上。比如说，大姨妈手里拎的不再是尼龙网兜，而是一只簇新的仿皮公文包，还是那些出没在饭店和写字楼里的生意人惯常夹在腋下的款式。再比如说，大姨妈的上衣兜里别着一支沉甸甸的金属圆珠笔，而考虑到她的特长，这支笔要是换成一双捞面的筷子或许更妥当一点儿。还比如说，大姨妈的裤兜里露出了半张塑料名牌，上面印着她的两寸免冠照片。把这些蛛丝马迹综合起来，母亲就觉得大姨妈有点儿不像大姨妈了。在此之前，她还以为大姨妈这趟是来打秋风的，并且已经给对方准备了一些钱和半新不旧的衣服呢。

当母亲问起大姨妈“正在忙什么”时，大姨妈一改低眉顺眼的木讷神情，用激昂的语气回答：“还得感谢市场经济，感谢国家政策。”

大姨妈告诉我母亲，自从离婚以后，她曾经“迷惘了很久，困顿了很久”。以前那个丈夫还算仁义，给了她一笔存款，又给她另买了一套住房。房子虽然在农村，但距离县城并不远，而且山清水秀的环境很好。尽管生计不成问题，不过印刷厂已经被改制卖掉了，大姨妈没了单位，不免“心里空落落的”。为了找个事儿干，她在街头摆摊卖过袜子手套，在文化馆的电子游戏厅当过售币员，一度还跟着一个挂羊头卖狗肉的豫剧团走乡串镇，当“角儿”们在打谷场上大跳脱衣舞时，她就守着后台的土灶生火做饭。但再一琢磨，老这么混下去也不是个事儿，于是大姨妈便横了横心，前往省城郑州，想凭借手艺找份厨师的工作。然而这也不能如愿。原因当然不是大姨妈做饭不好吃，而是饭馆的厨子和食堂的厨子不同，拼的不只是技术，还有体力，得能掂着几十斤重的大铁锅从早上站到半夜，所以从事这行当的，基本上都是些虎背熊腰的男胖子。当不了厨子只能端盘子，也正是经由这份工作，“改变命运的机会”到来了。

在接待包餐的客人时，大姨妈认识了一家公司里的头目。人家提出打折，她帮忙请示老板，人家要求送饮料果盘，她在职权之内爽快地答应了，人家想开“年会”，她还带着几个小姑娘帮忙布置会场。一来二去有了交情，对方的领导便称赞大姨妈很有“潜力”，进而热情地鼓动她“加盟”，成为这家“全球投资贸易生物科技有限公司”的一分子。

“也是当接待员吗？”大姨妈问。

“不，销售经理。”对方响亮地说。

大姨妈被吓了一跳。长这么大，她从来没把什么东西卖出去过，更没跟任何堂皇的头衔发生过联系。她自然在心里嘀咕，对方提出这种要求，是不是逗她玩儿呢？如果当真的话，她又能干好吗？

“我行，我一定行，我必须行。”

坐在我母亲面前的时候，大姨妈可就没有那么心虚了。曾经深入血脉的谦恭和自卑在她脸上一扫而光，取而代之的是一层电镀般的亢奋光彩。

那么这家公司的业务又是什么呢？原来是养虫子的。蛐蛐蚂蚱，蚂蚁蟑螂，蜈蚣蝎子乃至五星六星七星瓢虫，都是他们产品线上“茁壮有力的增长点”。可不要轻视小小昆虫，要知道，比人类更能下崽儿的是鼠辈，比鼠辈繁殖能力更强的则是虫豸。在漫长的生物进化长河里，昆虫早已成为了地球上最为庞大的物种，从经济的角度来看，昆虫也浑身都是宝：有些可以入药，有些可以提炼生化制品，有些可以加工成优质食物蛋白……联合国难民署还曾经提议，有必要让蝗虫取代面粉，成为非洲贫困国家的基本口粮。但在另一个方面，对于昆虫的开发利用，一直是人类改造自然、利用自然的巨大短板，这也引起了有识之士的忧虑。鉴于这种现状，来自“英国温莎侯爵家族”的“华裔女继承人”碧格蒂女士挺身而出，请来了波兰国家科学院的昆虫学大师布鲁布舒夫斯基，斥巨资开办了这家名为“虫虫宝”的“跨国联合大托拉斯”，在中美英法日等各国均设有分部，其业务领域涉及研发、养殖、加工、销售等多个环节。出于一颗拳拳赤子心，碧格蒂女士对中国市场格外重视，还在若干政府官员及新闻媒体的陪同下，亲自深入祖国的山山水水进行考察。看到山区的孩子买不起书包课本，她流泪了；看到老工业区的下岗职工病卧在床，她流泪了；看到灾区的群众住在漏风漏雨的简易房里，她流泪了。她在神州大地上走一路哭一路，把眼睛哭得活像两只烂桃子，所哭之事却不仅仅是贫穷与苦难，而是：

“中国的老百姓为什么要捧着金饭碗要饭吃呢？”

布鲁布舒夫斯基先生指出，中国是世界上占有昆虫资源最丰富的国家，也是最适宜开展昆虫科技市场化应用的国家。耶鲁大学商学院出具的评估报告则表明，如果发动浩如虫海的人民，把公司的业务深入地开拓到每一座县城，每一个村镇，凭借昆虫经济的巨大利润，完全可以让数千万中国人提前进入小康。作为一个白手起家、以巨大的个人魅力征服了英国王室的中国女人，碧格蒂女士打算用以回报祖国人民的，正是“虫虫宝”公司的在华项目。她力排众议，开放了公司大中华区的全部股权，五万元，只需五万元，你就可以成为“虫虫宝”的股东兼销售经理，享受分红和股票升值。更令人振奋的是，为了实现公平和鼓励创业，公司的股权分配并不以认购股票的多少作为唯一依据，而是引入了风行欧美的“金字塔式业绩计算模式”，成为股东之后再发展一定数量的新股东，就有资格晋升为黄金股东、白金股东乃至顶级的钻石股东，不仅能够获得巨额奖励，而且还有权力组建自己的团队，成为公司在国内某一地区的“合法全权独家业务代表”……

“这么说，你现在也是这家‘虫虫宝’的一名……股东喽？”大姨妈噼里啪啦地介绍了好一通，母亲才终于插进话来。她还给大姨妈倒了杯热水，请她喘喘气儿。

“兼销售经理。”大姨妈补充道，端起杯子一饮而尽，也不嫌烫，旋即又展开了新一轮的滔滔不绝。刚才说的是“宏观面”，现在说的就是一个人的奋斗史了。在加入公司的初期，大姨妈面临着个人发展的巨大瓶颈，她胆儿小，爱害羞，没说话先脸红，所以当她向人家宣讲公司的项目时，每每刚一开头，就吭吭唧唧地让听众丧失了耐心。因为业绩不佳，她还拖了她们那个团队的后腿，这更让大姨妈深感抱歉。可是对于她这个后进分子，公司同事却不抛弃不放弃，尤其是引见她加盟的那位“白金股东兼华中地区总代”，更是亲自给予了她悉心辅导。那人先宽慰大姨妈说，内向并不是缺点，内向的人都老实，老实的人都真诚，“而中国社会现在最缺少的是什么？就是真诚”。他又向她列举了美国华尔街的传奇事迹“一分钟演说”。话说那些投资银行所在的摩天大楼，坐电梯从一楼直达顶层，也就是一分钟的工夫，而这一分钟，正是急需资金的普通创业者们能够面见高盛、花旗、摩根士丹利的高层大佬们的唯一机会了。在这一分钟里，他们需要对自己的创业构想进行全面介绍，说成了，出了电梯就签合同，“一签就是二百万，请注意，美元哦”，说不成，没准儿就得从楼顶上蹦下去了。因此这是价值连城的一分钟，也是生死存亡的一分钟。

说得大姨妈若有所悟，从此投入了更加勤奋的自我锻炼。在宿舍里，在大街上，她只要一有空闲，就会喃喃背诵公司的项目规划与核心理念，并且每背诵一遍，都要热忱地勉励自己一句：“我行，我一定行，我必须行。”虽然频繁地被身边人侧目而视，但坚持不懈，竟有小成。大姨妈告诉我母亲，也是神了，“不知哪天早上一起床”，她突然觉得自己“换了一个人”。虽然她表面还是一个生不出孩子又没工作的离婚妇女，但内心却已经脱胎换骨，变成了能够掌握命运、改变命运的非凡人物。这份信念令大姨妈感到自己的灵魂也强大、蓬勃了起来——就像她的妈为我姥爷烹制过的河豚一样，平时畏畏缩缩，但只要一吹气儿，就会发生骇人的鼓胀，皮囊上的肉刺根根倒竖，不再惧怕任何天敌。

“很快，我的业绩就上去了。你瞧，总公司还给我升了级呢。”大姨妈说着，把那张塑料名牌拽出来，在我母亲面前亮了一亮。嚯，只见卡片之上，印着一只金光璀璨的甲壳虫——准确地说，应该是蜣螂——它正倒立着，推动一个同样金光璀璨的球体。再一细看，该球体并非我们通常理解的屎球，赫然竟是一个地球。这就是“虫虫宝”的商标或云logo，而蜣螂的颜色则标志着员工的级别。也就是说，大姨妈已经是一名“黄金股东”了。

母亲转述的大姨妈是如此不可一世地昂扬，昂扬，而作为听众，我的心情却在不可遏制地委顿，委顿。至此，我已经猜出这两个老女人之间即将发生什么了。我插嘴对母亲说：

“妈，咱们拣重要的讲吧。”

母亲却像听不懂我的话似的，继续大书特书着大姨妈的光辉形象。现在在她嘴里，大姨妈已经被塑造成了一个标准意义上的商界精英。大姨妈巧舌如簧，自信澎湃，浑身上下洋溢着巨大的感召力，而在大姨妈身后，则耸立着一大串与之相仿的成功女性：杨澜、邓文迪、美国国务卿赖斯、英国首相撒切尔夫人、哈佛女孩刘亦婷……大姨妈与我母亲的地位也发生了倒置，俯视者变成了仰视者，仰视者变成了俯视者。但归根结底，大姨妈毕竟还是个厨娘的女儿、前印刷厂食堂师傅，她再怎么摇身一变，也不可能堂皇到这般地步啊。随即，我就明白了母亲的心理。她实际上正是在为我所猜到的那件事情打伏笔、找借口呢。对于一个自视高人一等的人而言，最大的耻辱莫过于被不如她的人耍得团团转。反之，如果行骗者与她同样“上档次”或者更加“上档次”，那么似乎也就是可以接受的了。

为了维护自己那份早已一败涂地的傲慢，母亲不负责任地虚构了大姨妈，篡改了大姨妈。而我则放弃了打断她的念头，任由她喋喋不休地说了下去，同时也趁机把听筒拿开一会儿，让耳朵和脑子得到休息。过了不久，母亲的语调终于变低了也变慢了，电话听筒里的杂音再次泛了上来。我把它按回耳朵上。

“你在听吗……杨麦。”母亲干涩地问我。

“在听。然后呢？”

“然后我就把钱给她了。”

“多少？”

“十万。她鼓动我认购两份股权。”

过程就是这么简单。介绍完公司以及她个人的情况之后，大姨妈顺理成章地话锋一转，告诉我母亲，她刚刚得到了一个内部消息，“公司高层”正在准备启动一个新计划，打算在中国最南端的海岛上大批量养殖金龟子，并从中提炼黄金——这自然也是有科学依据的，已经在布鲁布舒夫斯基先生的实验室里得到了证实。为了加大推广力度，“迅速主导伦敦黄金交易所的定价权”，碧格蒂女士决定联合证券公司发行专项金融产品，为期一年，保证收益率翻倍。也就是说，一年之后，十万就变成二十万了。

“我在中学教书，从来没办辅导班赚过外快。小米的爸爸在大学里连‘正高’都没评上，也不懂得找上面的人拉关系搞项目。我们都是清高的人，拿死工资，连集资建房的钱都是管单位借的。小米的爷爷奶奶身体也不好，吃药做手术都靠我们接济。还有小米，这丫头也不让我省心，眼瞅着就初中毕业了，像样点儿的高中肯定考不上，得交择校费，就算我本人是老师能打个折，但也是一笔跑不掉的大开销……总之，我们没钱，又需要用钱，头脑一热，就把仅有的一点儿积蓄都给了她，让她去替我们投资，搞昆虫经济，钱生钱……”

说到这里，母亲的口吻就变成可怜巴巴的了。我说：“您怎么也不找人商量商量啊？”

“也商量了，只不过商量晚了。我稀里糊涂地签了一堆乱七八糟的合同，又跟着她到银行，把钱转到了她们公司的户头，然后才觉得有点儿不对劲。小米的爸爸是个书呆子，我当年就喜欢他这一点，但这种事儿他可从来没主意。于是我就给以前的学生打电话，才说了个大概，他们就笃定说，这是传销，是非法集资，还说社会上有很多人都被骗得倾家荡产了。我不敢相信，就托他们再帮我找公安局的人问问。有个学生的丈夫是经侦大队的，还真把我领了过去。警察调出资料来一查，什么跨国公司‘虫虫宝’，连工商注册都没有，而且已经有人来报过案了……我当时就傻了，警察和学生却又反过来教育我，说我如果平时多看看电视读读报纸，也不至于会有今天。”

“对呀，难道您平时不看电视不读报吗？”

“现在的电视和报纸上全是娱乐新闻，全是大美人儿，我一心扑在工作上，哪儿有心思看那些。书倒是看的，你那个大姨来家里的时候，我正在重读《陈寅恪的最后二十年》，但这种书怎么会教我如何防备传销。不过你们的口气怎么好像都在责怪我呀？我是受害者你们懂不懂？不谴责骗子，反而埋怨被骗的人，这是什么道理？谁老实谁就得活该吃亏，这又是什么社会？我真是太失望了……”

母亲的腔调好像过山车，刚刚低伏了一会儿，又愤愤然地高昂了起来。不愧是个从八十年代过来的知识分子，她推己及人，由点到面，展开了义不容辞的社会批判。她指出，虽然先贤们告诫后人“亦有仁义而已矣”，但中国人千百年来都在舍义取利，这归根结底是中了“流氓文化”的毒。她又指出，诚如费孝通先生所言，当下的时代从“熟人社会”演变成“生人社会”，人的行为没有了约束，于是就连仅存的那点儿道德规范也失效了。而生人骗干净了，终于还是要骗到熟人的头上来。我母亲既有理论储备，又有切肤之痛，这一段发言如果整理成文字，倒真堪比“公知”们流传在网上的那些雄文。

她还发出了与梁漱溟先生异曲同工的泣血之问：“这个世界会好吗？”

结论是：“不会好，只会越来越坏。”

我听得如堕烟雾，不由得又想起了当年母亲与父亲争吵、决裂时说过的那些话。她曾经一针见血地对她那在山沟里当了一辈子政工干部的前夫宣布，“世道已经变了，你那一套不灵了”，而现在，“世道”算不算又变了呢？她本人的“那一套”是不是也失灵了呢？令我感到诧异的是，母亲一边大鸣大放大批判着大姨妈，一边反而对我流露出了同仇敌忾的意思。刚开始，她的说法还是“站在你的角度看一看”“你帮我说句公道话”，到后来，口风就完全转了过来，变成了“咱们被她骗了”“她就这么对待咱们”和“这不是对咱们落井下石吗”。

因为对大姨妈的憎恶，母亲忘记了和我的前嫌，把我当成“咱们”了。在某种意义上，彭佳亿敦促我打的这通电话，已经达到了它的疗效。那十万块钱花得还真值。我的心酸却越来越浓厚了，再次插进话去："妈，您能说点儿切实的吗？"

"难道我说得还不够切实吗？我又没有跑题，说到别人身上去。"

"我是说，您还没有告诉我，大姨妈后来去哪儿了。"

"哼，你还管她叫大姨妈，她就是个——"

"骗子，神经病，成了吧。"我说，"她到底去哪儿了？"

"拿了钱就跑了，再没露过面。"母亲恨恨地说，"我给她打电话，她刚开始还答应得好好的，说公司把她紧急抽调到海南的一个市里，去开什么培训大会，如果我不想投资，她一开完会就可以把钱替我要回来。但过了很久也没动静，我再打，她就关机了。"

"你报案了吗？"

"去经侦大队那天，人家现场就给立了案。但警察也跟我说，这种事儿很难管，因为行骗的时候打着投资理财的幌子，受害人交钱都是自愿的，而且公安局又在跨省跨区域联合执法的过程中存在障碍——我又搞不懂了，这些国家机构到底是怎么运作的，难道换个地儿就不是中华人民共和国的领土，他们就没有执法权了吗？当年改造我迫害我的时候，怎么相互之间配合得那么默契，北京寄过去一张政审表，陕西那边立刻就把我定了性……”

“别说了，妈，现在就真跑题了。”我叹了口气，“您先别着急，在家里和妹妹搞好关系，我去查一查，一有消息就通知您。”

母亲又陷入了静默，然后却说：“杨麦，你可别去找她。警察还跟我说过，那些传销分子都是团伙作案，没准儿还有黑社会的性质，被骗的人没被卷进去就已经是万幸了，如果再去找他们要说法，不知道他们会做出什么来。外地已经发生过好几起暴力事件了……”

我心里一热，“您就甭替我操心了。”

## 7

天地一蒸笼，万物肉包子。

作为一个自小以面食为主，血统里混杂着“羌”“胡”“女真”等游牧基因的北方人，北回归线以南的气候令我产生了近乎本能的排异反应。按照母亲提供的信息，我转了两趟飞机，才到达了海南的那个县级市。打车出了军民两用的简易机场，就是一座正在兴建的“开发区”。四处林立着徒有空壳的楼体，“酒店公寓”“海景大宅”的巨幅广告标牌早已斑驳不堪，似乎永远都不会竣工。这里的人烟本就稀少，再加上又是淡季，笔直宽阔的沿海大道空空荡荡，只看见被称为“烂仔”的少年骑着摩托车画着蛇形相互追逐。

到城里找了家宾馆住下，我开始了昼出夜伏的探访。在此处仅有的两条商业街走了几个来回，没有发现任何与“培训”，与“虫虫宝”有关的宣传标语。我还尝试着接触街面上各式各样的灵通人士，包括出租车司机、小卖部老板以及半掩着门帘的按摩女，收获仅仅是腋下多了七八包槟榔，临了又被一位四十多岁的东北大姐狠狠地抓了一把屁股。游走在这个据称正在举行传销活动的边境小城，想要寻找的那些人却神龙见首不见尾，这使我感到陷入了一个荒诞的迷宫。每当晃悠到夜里十二点多，大街便落幕一般空了下来，不远的海边，涨潮声像巨兽反刍一般滚滚传来。空气却一如既往地闷热，气压越来越低，让我头晕气短，身体像被攥紧的海绵，一层一层地出着虚汗。

这是焦虑症发作的表现，我只能赶紧回到宾馆，先用冷水冲个凉，再从单肩背包里找出几瓶药来，依序服下。药里包括镇静剂，但我平躺在床上，却几乎整夜无法入眠。次日挣扎着起床，头像宿醉一样疼痛欲裂，大概是药物的副作用。一天夜里，电话响了，是彭佳亿。她问我在哪儿，我如实相告；她问我来做什么，我无言以对。

连续几天一无所获，瓶瓶罐罐里的药片倒先吃了一多半。直到一天凌晨三四点钟，手机又猛然吱哇乱叫了起来。我挣扎着爬到充电插座附近，看见来电话的是附近地面上一个称不上朋友的朋友。那人本是个地头蛇，曾经在“道儿”上和官场上都有面子，但也不知怎么就失了势，从此一发烂了下去，靠给警方和媒体充当线人为生。而这次来，我虽然事先也给他打过电话，却并不指望这种人真能派上用场。

塑钢窗户被风吹得咯吱乱响，海浪正在隆隆咆哮。电话里的人毫无困意，用鸭子一样的广味普通话告诉我，我想调查的事情有信儿了。

我狐疑道：“怎么现在才说，你早干吗去了？”

“你不知道这次有多难搞。”那人不急不缓道，“以前附近的几个县市里，到处都是公司在开会，推广会、宣传会、培训会，每个宾馆都鬼哭狼嚎的。有人说这里的经济很大程度上要靠传销支撑。后来动静闹得太大，影响到了治安，地方上只好下力气打了一打，营业场所也不准租给类似的组织。但打击了不等于都打跑了，内地管得更严嘛。只不过搞传销的人学聪明了，就拿你问过的那个‘虫虫宝’来说吧，他们不敢公开露面，手段也更隐蔽，还对内部的人加强了控制。如果不是身边有人被裹进去了，我也拿不到消息……”

“你能联系上他们里面的人吗？”

“算是能吧。恰好是我一个同乡的老婆，自己参了股，又把村里的亲戚哄走了好几个。这些人现在都不回家，家里人怎么劝也没用，只好离婚，断绝关系。另外我还得问问你，你查这件事情，到底是想随便找个人问问，还是想要卧底进去？”

“当然是要混进去。”我说。

“那得小心点。听说那里面的人都被洗脑了，精神不正常。”

他又交代几句，便猝然挂了机。这人的态度倒让我相信他提供的信息是真的。睡了又醒几个来回，终于耗到次日黄昏，我下楼退了房，走进县城中心的一条饮食街。

本地人素来以什么都敢吃而著称，露天排档更是骇人，举目所见皆是生猛的招牌，地上耸动着一笼一笼的活物任人“点杀”。我落座的桌旁边支了口大油锅，锅里恨不得翻滚着一个侏罗纪公园，炸的都是全须全尾一尺多长的蜥蜴。在老板的强烈推荐下，我只好要了一条这种号称“很补”的东西，摆在桌上却不敢动嘴，像供了尊佛似的撂着。身边又有卖花的女孩招揽生意，我依照约好的接头暗号，买了一束火红的木棉花，插在啤酒杯里。

不多时，便有一个人影从人群里晃了出来。是个女人，身材矮小，面皮焦黑，下颌突出。我看着她，她却并不看我，而是直勾勾地与我们之间的那条蜥蜴大眼儿瞪小眼儿。我做了个“请”的手势，女人毫不客气，抱起蜥蜴啃将起来。她的嘴巴灵活高效，三转两转，蜥蜴便只剩下一个头颅了，连骨头都被咯吱咯吱地嚼得稀碎，咽了下去。我又叫了两碗相对正常的粉类，女人照单全收，风卷残云。我猜她已经有日子没吃过饱饭了。

吃完，女人覆盖在短袖衫下的腹部膨大了一圈儿。她这才盯了我一眼，问我是谁介绍来的。我说了线人告诉过我的一个名字，然后照本宣科：“早就听说过‘虫虫宝’，人家都说这是一项很有前途的事业，只要加入就能……”

女人却伸出一只枯黑的手臂，勒令我闭嘴：“不能在外面乱说，公司有保密规定。”

她站起身来，示意我跟她走。我便结了账，在她的要求下叫了一辆出租车，出了市区驶上沿海高速，在一个荒无人烟的路口停下。女人下了车，带我走上了一片滩涂地。昨夜刚下过雨，今天的月亮极圆极亮，照得地上的乱石熠熠生辉。为了便于行走，她索性弯腰摘掉了带跟儿的猪皮鞋，于是身材便陡然又矮了一截儿。灯火阑珊的小城被我们远远抛在背后，滩涂的另一侧，是刚到此处时路过的“开发区”，在黑夜中呈现着一片错落的楼宇的影子。

这时女人的话就多了起来，而且响亮，介绍的当然都是“虫虫宝”。养殖一亿吨金龟子，主导伦敦黄金市场的价格。一股五万，上不封顶，一年之后保证收益翻倍。发展下线，向黄金股东和钻石股东的目标奋勇前进。她的普通话非常不标准，其间大段地夹杂土语，因此很多内容就是我听不懂的了，但她的气势却令我惊悚——那样笃定，那样确凿，那样不容分辩，简直不是在背诵一段生意经，而是在宣读头版头条的社论文章。在她的潜意识中，听众也许不止我一个，还有成千上万翘首企盼的芸芸众生。

我终于插进话去：“这么好的项目，为什么不能让更多的人知道呢？”

“你傻呀。”女人仿佛很为我的智商而发愁，“恰恰是因为项目太好了，所以才不能对外界公布。你知道，我们中国是一个山寨大国，只要有什么好发明、好创意，立刻就会有人仿冒。你是北边过来的，去过中关村吧？去过华强北吧？那都是假货横行的地方。山寨太可恨了，不尊重知识产权，坑害广大老百姓。我们公司以前也在养蝎子、养蜈蚣的项目上吃过山寨的亏，蒙受了巨大损失，因此英国温……堡侯爵——”

“是温莎侯爵。”我纠正她。

“对对，”女人突然又敬佩地看了我一眼，俨然把我奉为了她的“一字师”，“温莎侯爵的女继承人，碧格蒂女士，决定启动保密规定，公司的情报一律不准外泄，招募新股东也必须得是信得过的亲戚、同乡才可以。碧格蒂女士的理想是让全体中国人都富起来，但是形势特殊，国情特殊，现在也只好让沾亲带故的一小部分中国人先富起来喽……”

“能理解，能理解。”

“你如果不是和我们村里人有交情，我才不会带你来呢。”

“这是我的荣幸。”

这女人穿着带跟儿的鞋子身高一米五，脱了鞋就直奔一米二了，她像个孩子一样在我身边奔走着，雀跃着，叽喳乱叫的声音播撒到浩瀚的海面上去。我们在滩涂上渐行渐远，开发区那一片鬼影幢幢的楼宇也越来越近了。我忽然起了一个疑惑：毋庸置疑，用虫子来提炼金子，这他妈的简直比从大便里榨取食用油还要异想天开，但这种异想天开的事情在搞传销的人的脑袋里面，究竟是真实还是谎言呢？对于外人，这个问题或许并不重要，反正都是假话，但在我心里却是个迈不过去的坎儿。把自以为真的假东西推销给别人，这顶多是蠢，但拿着明知是假的东西出去招摇，那就是骗了。大姨妈到底有没有如我母亲所言，变成了一个骗子？与此同时，一种“近乡情更怯”的感怀也在我的胸膛里泛滥起来了。我行走在荒野之上，大姨妈就在前方。就像一颗彗星，它沿着椭圆的轨道甩了个无比漫长的抛物线，终归无路可逃地进入了地球大气层，烧出了银色的尾巴，烧得让人心疼。

滩涂尽头，是一条环绕开发区的水泥路，路边杂草丛生。女人带我找到一个铁栅栏的豁口，钻了进去。漆黑的楼影变成了硬邦邦的水泥建筑，在海风里呜呜回声。其实早该想到那些人有可能躲在这里的。他们面临着打击，不敢在市区露面，容身之处也只剩下这片荒无人烟的烂尾楼了。很多地方都存在着所谓的“鬼城”，那是房地产热潮的衍生品，其间自然还伴随着强拆、行贿、三角债无头债循环债、破产跑路、静坐上访……而当所有这些事情都被按在了纸面之下，楼们仍然沉默地屹立在那里。等到千百年过去，当后世的人们对这些建筑进行考古研究的时候，也许会认为它们是我们时代的宗教产物，是用来供奉什么贪得无厌的神明的宏大的纪念碑林。

我问女人：“人都在哪儿呢？”

“再往里面走就到了。那边的住宿条件比这里好，是我们租下来的。”她兴高采烈地说。

这种地方居然还要租。我又问：“有多少人在？”

“华中区，华南区，华西区都来了。别处还有人正在往这边赶。”她说，“听说开发商本来还不想把场地租给我们，但我们的人一句话就让他答应了。”

“说了什么？”

“我们说：等到项目做成了，就把他的小区买下来。”

真够有气魄。不过这种气魄比起主导伦敦交易所的黄金价格，也算不得什么了。三言两语，便沿着坑坑洼洼的水泥路一拐，先看见了一处还没来得及蓄水的人工湖，俨然是被陨石砸出的大坑。大坑的一侧，就是一片别墅小区，都是二层楼的“联排”，已经贴好了豪华厕所风格的瓷砖，门窗也封上了。跋涉许久，我的腿脚已经发酸，那女人却比我吃苦耐劳得多，一路蹦跳着奔了进去，不时回头豪迈地招呼我：“都在等你呢。”

我小跑着跟上，在漆黑的分岔小径里又拐了两个弯，总算来到一幢别墅门口。整片开发区都没通电，屋子里却隐隐渗出灯光——反而更加令人心惊。女人抡起瘦胳膊响亮地拍门，门应声而开，一个四十多岁的瘦脸男人迎了出来，手里拎着一只橘黄色的应急灯。在他身后还有几个黑影，高高矮矮，看起来像一支刚从井下钻出来的矿工队伍。

“接来了？”瘦脸男人开口，却是河南口音。

“接来了。”女人立了个正，就差敬军礼了。

“所以我就说，不用怕，你行。”瘦脸男人对女人点点头，又转向我，在橘黄色的灯光中露出了笑容，“这位新朋友，总算把你盼来了。”

那笑容淳朴，热忱，像辽阔的麦子地一样散发着泥土的芬芳。我只好报以同样没心没肺的笑，“让大伙儿久等了……”

“只要是能在一起做事业的朋友，等一万年都不久。”瘦脸男人狠狠地揽住了我的肩膀，将我拥进屋里。还是一套精装修的房子呢，贴着墙纸铺着地板，头顶上悬着四面开花的水晶吊灯。只是没有家具，厅里铺着两排地铺，足有七八个之多。见我没带被褥，瘦脸男人招呼了一声，立刻便有一个背上驮了个罗锅的小伙子弯下腰去，将一个地铺卷起来，塞到我面前：“用我的。”

考虑到他身体的形状，如果直接睡地板，只怕会像陀螺一样打转。我赶紧推让，“那多不好意思。”

“就用我的。”罗锅见我不答应，急得汗都流下来了，“你是新来的，看见你不舒服我难受啊。”

没奈何，我只好接了他的被褥，“好了好了，我舒服了。”

瘦脸男人又拍了拍我的肩膀，“我们目前条件有限，但请你千万不要见外。既然来了，大家都是一家人。”

众人在黑暗中齐声附和：“不要见外，都是一家人。”

在这相亲相爱、奇形怪状的“一家人”的簇拥下，我被领进了二楼把角的一间小卧室里。这个房间只有十平方米大，也已经睡了两个人，一个是个阴鸷的鹰勾鼻子，另一个白白净净的戴副眼镜，还是张娃娃脸。我意识到，把新来的人安置到最里侧的房间里，这是有计划的，如此一来，假如我想在夜里逃跑，就必须得下楼梯，穿越客厅，那样势必会被镇守在半道上的人们发现。再瞄了眼卧室墙上的那扇小窗户，已经被用木板钉死了。

我俯身想把被褥铺在地上，立刻又有人扑上来帮忙，完全不用自己动手。而这时，瘦脸男人又说："把东西掏出来吧。"

"什么东西？"

"手机，钱包，还有身份证。"

我明知故问："这些东西为什么要上交？这不是限制人身自由吗？"

"新朋友，这你就不懂了。"瘦脸男人嘬嘬牙花子，推心置腹地说，"我们掌握的商业机密太重大了，千不怕万不怕，就怕信息被泄露出去。你算过那会造成多大的损失吗？上千亿，还是美金，美联储加夜班，半年也印不出那么多的钱来啊。因此公司只好实施保密，而且一视同仁，不光是你，我们所有人，就连我这个大区'总代'，都不能随身携带手机和钱包。身份证则要交给公司统一存档管理。不信你问大家。"

众人在漆黑中点头，齐刷刷地审视着我。看来东西是留不住了，我只庆幸出门之前，已经把钱包里那一沓记者头衔的名片冲进马桶里了，否则刚来的第一夜就要穿帮。把几件物品递到瘦脸男人手里之后，我故意敞开了背包拉锁，让他看清里面除了必备的生活用品再无

“私货”。那个罗锅却又躬身上前，将我浑身上上下下摸了一遍，连裤裆处都使了一招“猴子偷桃”。一番程序走完，瘦脸男人伸出温暖有力的大手，和我握了握，“欢迎加入团队。”

我不禁生疑道：“可我还没入股啊……不是说要交了钱才能成为股东吗？”

瘦脸男人大度地一挥手，“能在一起做事业就是有缘，钱不钱都是次要的。”

然后招呼大家回到楼下，开会。这会是每晚例行的，因为我来了，便增添了一个新内容，由我来介绍自己加入公司的动机。这对我来说也没什么难度，只要隐去自己还有单位这个环节，把这些年来削尖了脑袋想要发财，最后投资失败血本无归的事情交代一遍即可。那些痛楚和懊悔都是现成的，又当着面目模糊的陌生人，我可以尽情地捶胸顿足，讲到伤心处，简直是字字血声声泪。听众们唏嘘不已，大有同是天涯沦落人的共鸣感。等我讲完，便由大区“总代”瘦脸男人进行总结。他就坐在我的身边，两眼放光地说：“新朋友，你讲得非常好。我们在座的这些人，又有谁不渴望成功，又有谁没有在荆棘的道路上跋涉过呢？但我必须得指出，目前你对我们事业的认识还有些浅薄，没有上升到灵魂的高度。”

“灵魂的高度……有多高呢？”我做出愿闻其详的神色。

“那关系到情怀、愿景，还有价值观。”瘦脸男人像蹦豆子一样喷出几个词。

然后展开了一段壮怀激烈的演说。他首先引用了马丁·路德·金的名言，“我有一个梦想”——他把在座的所有人，甚而把所有的中国人都视为兄弟姐妹，他梦想这片土地上的人民都能过上好日子，“打开了家门咱迎春风”。但是他做不到，“不行”，因为一个人的力量终归是有限的。他曾经连老婆孩子都养活不起，负债累累，遭人冷眼，“这位兄弟，你说你难，你有我那么难吗？我的女儿念到初中就辍学了，从小到大没穿过一件囫囵衣裳，我的老娘病死在家里，半个月都没烧，因为我交不起火葬场的丧葬费。”

紧接着话锋一转，“我虽然不行，但是‘虫虫宝’行。”加入公司以后，他不仅年薪千万，奖励别墅，更重要的是，“虫虫宝”帮他找到了自我价值，使他发现自己这个废物、失败者居然也是有用的。刚开始，他和在座的大多数人一样，想的只是赚钱，而当钱不成问题了，他的境界就提高了，升华了。他发下宏愿，一定要带领更多的人也走上自己的路，成为顶天立地的人，活出人样儿的人。

再接着就是喊口号了：“你们要坚信，你行！”

“我行！”众人附和。

“你一定行！”

“我一定行！”

“你必须行！”

“我必须行！”

喊得极富爆发力和节奏感，连墙壁都震颤起来了。我一边跟着喊，又听到窗外也传来了同样的喊声，却不是回音，而是别的房子里也在开会。天知道这片小区里聚集了多少人，他们像蛰伏的昆虫一样冒了出来，正在整齐划一，简单粗暴地励志。

直喊了半个钟头，我的嗓子眼儿都冒烟了，大家才回到床铺上去睡觉。鹰勾鼻子和小眼镜将我牢牢夹在中间，三个人亦步亦趋地摸黑爬楼梯。一边爬，小眼镜还意犹未尽，说起了瘦脸男人的传奇事迹。他说那人本来负责河南一带的工作，已经带出了一支坚强有力的营销团队，因为业绩突出，又特别善于给人“疏通思想”，便临时调到了华南片区；他能来，真是大家的福气，今年一定要加油奋进，“集体冲黄金”。

我猜测，瘦脸男人八成也是大姨妈的“引路人”了，但我却不能直接向他打听，因为那一定会引得对方生疑。而如果大姨妈也来到了此处，她眼下又在哪栋黑漆漆的小楼里呢？我靠在被钉死的窗口，掏出香烟，点上一颗，发了会儿呆。

“你还不困吗？”鹰勾鼻子含糊地问了我一句。

“稍微有点儿激动……也不太适应。”

鹰勾鼻子用过来人的口吻教诲我，“等你习惯了，赶你走你也不会走。”

# 8

就这样，我在这套海滨别墅里滞留了下来。他们把我软禁在屋里，每天轮流来跟我“交心”，向我背诵公司派发的油印资料。就连上厕所也有人陪着，真诚地祝福我排泄通畅。因为手机被没收，我又没有戴表的习惯，渐渐地，连日升日落都在我的意识中模糊了，紊乱了。我迫切地需要记下时间，却陷入了“山中方三日，世上已千年”的幻觉。大姨妈近在咫尺，我却没有溜出去找她的机会，这是因为每当瘦脸男人拿出一沓认购书，提出“我们动手吧”，我却总是像黎元洪对待假洋鬼子一样说“NO”。

对方问：“你不是慕名找到我们‘虫虫宝’的吗，怎么来了又不肯加盟？”

“这很简单，”我虚张声势地把帆布包搂得紧紧的，仿佛那里面装着满满一口袋现钞，“我把房子都卖了，一旦投入就是身家性命，所以必须得详细考察项目。”

瘦脸男人不急不躁，点头表示理解。但他又说：“你要考虑的话，也得抓紧时间，公司已经传达精神了，这次的融资即将结束，剩下的名额很有限……”

“这我清楚，可我是个谨慎的人，越是重大决定就越谨慎。”

“懂了。”瘦脸男人居然露出了钦佩的表情，“你很有商业理性，我相信如果有你加盟，组里的业务一定能上个台阶。我也相信来了就是缘分，我们的诚意一定会打动你。”

接踵而来的就是更加热烈的“诚意”和“打动”。在自我抗拒的状态下接受洗脑，这无疑是心理上的巨大折磨，就像有人在反复论证你就是一只蛆，你最爱吃的东西就是屎，而你的理想就是长出翅膀变成苍蝇，召唤更多的蛆来吃屎——与此同时，你还没有发呆、装睡和插科打诨的权利，只能聚精会神地洗耳恭听。我感到自己行将崩溃，不时有放把火将整屋子的人都烧成烤猪的冲动，于是只好在中断了若干天之后又开始吃药，并且一次比一次剂量大。同住的人窥探到了这个举动，都来对我嘘寒问暖，我就编瞎话说我有类风湿：

“诸位要是真心疼我，那就轮流来给我按摩吧，要泰式的。”

他们立刻制定了一个排班表，推举手劲儿大的人为我揉胳膊捶腿，几乎把我那长期伏案造成的肩周炎都治好了。哭笑不得之余，使唤、欺负身边的人却成了我的情绪出口——每日里歪叼着香烟，对瓶吹着啤酒，按摩的力道轻了，我就说“你没吃饭啊”，力道重了，我又会说“你是不是想要掐掉我一块肉”。连我都觉得自己像个厚颜无耻的恶霸，但那些人毫无怨言，一律淳朴、温柔、异曲同工地笑着。那感觉好像他们不是要拉我一起去行骗，而是迫切地希望我娶了他们的女儿或者妹妹。

实在过意不去，我也劝过其中某些人：“真不必讨好我，反正我也跑不了。”

“这怎么能说是讨好呢？”对方这才终于不笑了，但却像受到了侮辱一样，伤心得就要哭出来了，“只要有缘来到‘虫虫宝’，大家就是一家人。一家人有什么讨好不讨好的，凭的是真心，真心你懂吗？”

那一瞬间，我如受教诲。再想到大姨妈此刻正不知跟谁表着“真心”，心里不免一阵发毛。而我猜测，“虫虫宝”的“好朋友”们之所以对我抱以如此巨大的耐心，一来可能是真相信我手里有笔巨款正等着投资，二来则是因为此前的一系列“工作”都是铺垫，不久之后还有一场重头戏在等着我。那大概也就是大姨妈提到过的“集体培训”了，他们认为再怎么冥顽不化的家伙也会被那个场合震撼、打动，从而建立起和他们一致的“愿景和价值观”。我虽然越发心烦气躁，但却不得不陪着他们一起期盼了起来。

那一天终于来了。在一个清晨，众人像平日一样准时起床，到一楼的厅里集合——却不生火做饭，而是安静地听瘦脸男人说着什么。片刻，瘦脸男人又上来，招呼我也下楼。

开会不都是在晚上吗？我预感到了什么，赶紧穿了衣服，拎起帆布包跟上他。

“包就不用拿了吧，近。”瘦脸男人瞥了我一眼说。

我说自己的家当都在里面，不随身携带心里不踏实。瘦脸男人笑笑，一挥手，“出发。”

早饭也没吃，我饥肠辘辘地跟着队伍，在烈日烘烤的水泥路上行进。这也是我第一次看清这个小区的全貌：建筑物和道路都已竣工，庞大的假山石和景观亭台也就了位，只是还没有移栽植物。我们的住处位于小区里侧，越过前方几幢别墅的围墙，又看见有隐约的人群正在鱼贯而行，头颅高高低低。在城市的边缘、缺水断电的荒芜地带，聚集着这样一群鬼影，他们看似是乌合之众，却有着统一的信念、严密的组织，他们看似是从社会里逃逸出去的无能之辈，却自认为站在了时代的风口浪尖上。

瘦脸男人用肃穆的口气告诉我，“全公司的宣讲会每半年才开一次。这次算是让你赶上了，还有重要内容要发布呢。”

我却心里打鼓，又摸了摸帆布包里的药瓶，考虑着要不要未雨绸缪地“嗑”上几粒。而这时，开会的地点已经到了。是小区的会所，像所有有钱土鳖的趣味一样，修建成了荒腔走板的欧式风格，门口立着几位肥美的汉白玉半裸希腊女神，在干裂的水池子里搓着澡。因为路远，当我们跨上台阶时，前方的最后一个队列已经消失在黄铜大门之内了。我跟着瘦脸男人走进去，立刻发现这幢建筑物里竟然是有电的——水晶灯熠熠生辉，喇叭里播放着猫叫一般的"女民族"高音，大概是"好运来"或者"好日子"之类的曲目。小区里也许有一部备用的柴油发电机，而这些人居然搞来燃料，让机器运转了起来。

会场一览无余，居中一个小舞台，到处挂满了塑料花和彩色气球，舞台背景上张贴着"虫虫宝"的巨幅logo，也即那个屎壳郎推金球的瑰丽意象。台下没有椅子，乌压压一片"黔首"席地而坐，臭烘烘的汗味儿像牲口棚一样。人们的情绪却远比我见识过的小规模"例会"更加高涨，大家叽叽喳喳地聊天，伸着脖子四处张望。我们这一组被瘦脸男人带到了靠近应急出口的一个角落，落座之前，我尽量不引起别人察觉地四处扫视了一圈儿，这时才意识到一个严重的问题——

时隔多年，即使见到了大姨妈，我能立刻认出她来吗？

同理，她突然与我狭路相逢，多半也会把我当作一个陌生人吧。

而大会很快就开始了。“女民族”戛然而止，换上了“星球大战”风格的电子乐。率先走上台的，是一对穿得像农村婚礼司仪的男女，说的都是鸭子一样的广味普通话。他们先是播报，“虫虫宝”本季度的营业额已经突破了若干“亿元”，旗下员工已经达到了若干“万名”，项目落地的地点已经遍及了若干省份。现场居然还有投影装置，在破床单般打着补丁的幕布上放映起来：点钞机正在数钱、繁忙的厂房和港口、着装光鲜亮丽的员工……自然还有蝎子、蜈蚣、金龟子之类可爱的小生灵。一望而知，那些画面都是胡乱拼凑的，比如厂房和港口就来自于中央台的经济节目，连左上角的台标都没挡住；昆虫的图片极其陈旧，都发黄了，很可能盗用了老版的《动物世界》。可是人们都呈现出了这一切与自己息息相关的神情，在每个队伍里安插的“领掌员”的带领下，整齐划一地鼓起掌来。

接下来的环节，是有请各个“大区”的销售精英现身说法。代表我们这个组上台的，自然就是瘦脸男人。至于“宣讲”的内容，无非分成三个层次：过去有多穷，现在有多富，未来还要更富，并且要带领更多的人一起去致富。所有队伍的头目都是一个调调，有所不同的只是口音罢了。人们却并不嫌他们重复，反而越是重复，就越相信听到的都是真的，越是重复，就越证明那些传说中的“业绩”迟早能复制到自己身上。

再接着，便有十来位男女老少一起上台。这些人与寻常人等又有不同，都穿着清一色的黑西服、白衬衫。司仪介绍，这就是连续三个月勇夺销售额全国第一的冠军团队了，“下面就听一听他们的心声吧。”所谓心声，原来是一首歌，歌是这样唱的：

很多时候我们都不知道
自己的价值是多少
我们应该做什么
这一生才不会浪费掉

我们到底重不重要

我们是不是很渺小
深藏在心中的那一套
人家会不会觉得可笑

不要认为自己没有用
不要老是坐在那边望天空
如果你自己都不愿意动
还有谁可以帮助你成功
不要认为自己没有用
不要让自卑阻挡你向前冲
每个人的贡献都不同
也许你就是最好的那种

唱得手脚并用，舞之蹈之。歌曲不长，很快在音响的一声啸叫中结束，众人又重新列队，向右看齐，双手握拳，耸肩昂头。一个满脸皱纹的女人出列半步，用脆生生的、在南腔北调之中格外突兀的北京话带领大家喊口号：

“我行！我一定行！我必须行！”

台上的十来个人便喊：“我行！我一定行！我必须行！”

台下的几百号人也喊：“我行！我一定行！我必须行！”

声嘶力竭，仍不过瘾，也要加上肢体语言，却不是啪啪啪地鼓掌，而是咚咚咚地跺脚，震得天花板上落下了几块墙皮。而这时，这场大会真正的高潮才终于到来。但见两个司仪大张旗鼓地扭将上来，再开口时连声带都打战了。他们先按了按自己的胸口，确认心脏不会打个嗝儿就从嘴里蹦出来，然后才宣布：

“告诉大家一个特大喜讯——”

“‘虫虫宝’的创始人——”

“英国温莎侯爵的华裔女继承人碧格蒂女士——”

“已经亲临了我们的会议现场！”

按照他们的介绍，碧格蒂女士本来正带领一群英国的贝勒和格格，在中国的南海边考察，听说这里的工作开展得“风生水起”，便临时动意，要来走一走，看一看。她还要亲自为中国的冠军团队颁发奖金，每人十万英镑。话音才落，全场却突然安静了下来，陷入了一片死寂。然后，海啸一般的掌声和呼号声涌动了起来，人们再也无法坐在原地，纷纷起立，后面的推着前面的，前面的推着更前面的，朝舞台中央拥了过去。那里已经多了一个雍容华贵的国际范儿丽人，穿一身怯粉色的西服套裙，浑身上下挂满了塑料质感的玳瑁、珍珠和玛瑙，连高跟鞋上都镶着密密麻麻的有机玻璃。如果这个临时搭建的舞台配有追光设施，那么这身行头没准儿还是足够璀璨的，但很可惜，她的头顶只有两盏四十瓦的节能灯泡，就把脸上的那层厚粉也照得灰蒙蒙的，而且不平，好像还没出师的油漆工的手艺。当然，英国皇室女继承人的自我感觉还是非常良好的，她用长达身体三分之一的腿走着猫步，不断弯腰与蜂拥而上的群众握手，说的是唐山口音的英语，翻译成中文是：

“中国大陆的朋友们，见到你们忒儿好咧！”

也就是在这乱糟糟的场面里，我终于获得了一个脱身的机会。观察到身边的瘦脸男人不再有意无意地看向我，我也果断地这么做了。很幸运，不远处那扇应急通道的铁门并没有上锁，轻轻一拉便开了，外面是一条没铺瓷砖的水泥走廊。往右走是这幢会所的出口，可以通向小区的正门，现在“虫虫宝”的成员都聚集在大厅里，我如果一口气跑出去，想必不会有人发现；而往左走，则是一条漆黑的拐弯过道，连接的是会场后台，也即碧格蒂女士和那支“冠军团队”的身后。

我略喘了一口气，决定左转。

之所以这么做，是因为我自以为看见了大姨妈。

她就是方才载歌载舞完毕，带领众人喊口号的那个皱脸女人。她和当年的大姨妈容貌迥异。在我的记忆中，大姨妈有着一张光洁素净的鹅蛋脸，而现在，这张脸上不仅多出了层层叠叠的褶子，就连形状也变窄了，变尖了，缩成了一只发育不良的桃子。我还记得过去的大姨妈虽然不胖，但手臂和腰身都是暄软的，搂着我那童年时期的如斗大头，会让我觉得既安详又坦然，今天的她却像一个用枯树枝扎成的稻草人，每个关节都从衣服底下尖利地戳出来。这么多年真不是白过的，足以改变任何一张单纯的、青春的容颜。

但我仍然认出了她，不仅是通过她那嘴乡音未改的北京话，更是通过她的神情。在嘶号着“我行”时，大姨妈固然把她的隐忍和忧愁一扫而光，可我却记得，在某个特定的场合里，她也曾经像今天这样神魂颠倒，每一个眼神每一寸皮肤都散发出灼人的热能。那是飞蛾投火一般把自己托付出去的决绝奉献，像祭坛上活的祭品。身为传销人员的大姨妈又让我想起了痴迷于气功，对一个鼻上有瘤、瘤上生毛的“师父”顶礼膜拜的大姨妈。和曾经给予我的脉脉温情一样，这种亢奋状态也是大姨妈在我心里留下的底色。

我沿着潮热的水泥走廊越走越快，拐过那道弯才蓦然停住。半开半掩的肮脏幕布之外，会场里已经呈现了白热化的气氛，碧格蒂女士挥舞着一沓内部印刷的花花绿绿的“支票”，胡乱往台上的人手里塞去，每个拿到那张纸的人都把它高高举起，绕台一周，好像董存瑞举着他的炸药包。背景音乐换成了混音“迪曲”，台下的人们狂扭狂摇头，嘴里乱喊“行，一定行，必须行”。集体吸毒恐怕也就是这个阵势了。

恰好，大姨妈已经领完了她的奖金，从舞台中央转移到了侧面。离得近些，我发现她连头发都稀疏了，半黄半灰的颜色，一呼扇就露出底下惨白的头皮。西服不知是从哪儿淘换来的，罩在身上直晃荡，俨然“破烂溜丢一口钟”。在一派山呼海啸之中，我的胆子却也大了，扯着喉咙朝台上喊：“大姨妈。”

叫了两声，台上的女人毫无反应。再叫，嗓子都劈了，还是没有效果。她仍在上了弦似的手舞足蹈，全身关节咔咔乱抖。难道随着外貌的衰老，大姨妈的耳朵也不灵了？我想起小时候，在大姨妈照顾我的那段时间，每当夜里蛔虫作祟，绞得我的肠子疼，都会下意识地喊她。虽然仍在睡着，但我知道大姨妈能听见，而且很快就会有一只温润的手放在我的肚皮上，揉一揉，还会说：“别怕，杨麦，别怕。”

于是我果真不怕了，放了两个蔫儿屁，沉入到安全的无意识状态。后来大姨妈走了，家里只剩下我和父亲两个人，夜里肚子再疼，就喊也白喊了。在孤独的梦境中，我觉得自己不是被母亲抛弃了，而是被大姨妈抛弃了。

现在，我感到自己又被抛弃了一回。别人都能抛弃我，但大姨妈可不能，她没这个权利。她不是跟我最亲的那个人吗？我的脑袋嗡了一声，升起了孩子般的自怜，还有不负责任的恼怒。日复一日遭受软禁和低水平洗脑的愤懑突然来了一次总爆发，令我做出了一个危险的举动。我弯下腰，从脚边捡起了什么物件，大概是一块地板边角料，抡圆了向台上掷去。倒没砸着人，而是直绷绷地飞向众人身后的幕布，击中了那只悬在半空的蜣螂，发出破鼓一般的敲击声。那只足有篮球架子高的巨大昆虫便摇晃了，倾斜了，上半截儿率先松动，吱吱呀呀地扯动着下半截，像个大蒲扇似的直往舞台正中拍了下来。第一个发现情况不对的却是珠光宝气的碧格蒂女士，她嗷地跳开几步，用唐山话感叹道："这是咋儿咧，这是咋儿咧。"但为时已晚，她身边的若干销售精英已经被屎壳郎及其推动的那个金球笼罩在了下面。一时间尘土飞扬，大家纷纷捂着脑袋乱窜。

我又不管不顾地叫了一声："大姨妈。"

终于，我看见大姨妈的身体似是一震。她定住了，保持着双手高举、躯干后仰的姿势，和当年使出的那招"举火烧天"如出一辙。她的头颅一顿一顿地向我扭转了过来，这个动作进行得如此艰难，但又异常坚决。她以古怪的体态从古怪的角度望着我，迎来了我们多年之后的首次重逢。我们之间相隔的，不仅是一只巨型蜣螂以及惊慌失措的人群，还有万水千山和沧海桑田。一晃之间，电光石火，什么都变了。比起我们所处的这个世道，我和大姨妈本身的变化也许都是微不足道的了。但我此刻相信，即使我的身上已经没有了当年那个“傻球”的影子，大姨妈仍然是能够认出我来的。除了我之外再没人会那样叫她，我们之间那星辰呼应、万有引力一般的隐秘联系至今并未消失。

热泪并未如期而至。我眼角干涩，眼眶酸痛，努力把眼睛睁大，再睁大，看着她。大姨妈则对我笑了，她的面部肌肉进行了一次错位重组，走势还是缓慢的、一顿一顿的，如同一朵干瘪却能自行开放的纸花。随后，她便向我走了过来，气宇轩昂，俨然是在舞台上踢着正步。而我却不由自主地往后退着，缩到水泥走廊的阴影里去。我不知道是否有人发现我击落了那只巨型蜣螂，但我下意识地认为，绝对不能让人目睹我和大姨妈的会面。

这就像是我在逃跑而她在追逐着我了。在阴暗的走廊里，大姨妈越来越近，我能看见她眼底闪动着的精光。我突然站住，她也站住。我一动不动，她伸出手来，试探性地碰了碰我的脸颊。她的手是凉而坚硬的，像包裹了一层鳞甲。如同确认着一个奇迹，她还低头看了看自己的手。

然后大姨妈问：“你是……杨麦？”

我说：“我是杨麦。”

她拗口地梳理了我们的关系，“你是我们娘家原先主家妹妹的孩子，杨麦？”

我说：“对，您带我去过西安，您还给我做过烩面，面里有海带、鹌鹑蛋和卤羊肉。”

“那就对了，你真是杨麦。”大姨妈干瘪的嘴唇凹陷得更深了，“想不到你也来啦。”

这场景本该如同一段电影长镜头：无声，凝滞，具有晦涩而深远的象征意义。离愁别绪的本来面貌都是顾影自怜，我的鼻子一酸，心底的委屈越发泛滥了。我缓缓地张开双臂，像一只呆头呆脑的大鸟，想要拥抱我的大姨妈。原来的我是那样瘦小，必须藏在她的臂膀之下才会感到有所依靠，而现在，倒好像我是个大人，她才是个孩子。

没想到，我的双手还没触及她的肩膀，大姨妈却做了个单手挥拳的动作，干脆利索地打断了我的抒情。接着，她像被注射了大剂量的肾上腺素，向我展开了一段演说。她首先祝贺我加入了“虫虫宝”，并论述，这相当于获得了“人生腾飞的机会”，而这个机会又是和中国的腾飞相辅相成的，“大势所趋，谁也挡不住，谁挡谁就是逆潮流而动”。其次询问我的“业绩”怎么样，有没有冲上“黄金级代理”，如果我感到吃力，她可以对我“扶上马，送一程”。最后还得感谢“虫虫宝”——如果没有公司，没有这次集体大会，我怎么能够找到她，她又怎么能够遇见我呢？

“共同的事业把我们会聚在了一起，这不是巧合，而是……命运。”大姨妈用皱巴巴的袖口抹了一把眼睛，杂乱无章地抚摸我的肩膀和额头，“杨麦，我有个想法，我们应该把这件事分享给身边的兄弟姐妹，让大家都替我们高兴……”

虽然做过心理准备，但我还是感到无所适从。心里一激灵，我的头脑也从一派感伤之中拔了出来。我重新想起了此行的目的，生硬地截断她：“大姨妈，咱们走吧。”

大姨妈露出了困惑的神色，她的热情如同一团遭了风的小火苗：“走？去哪儿？”

“北京也行，河南也行……甭管去哪儿，得先离开这里。这儿不是人待的地方。”

“杨麦，你这是从何说起呢？”

大姨妈脸上的零件又僵住了，如同一只行将报废的钟表。我越过她，又往后台的方向望了望：会场里已经恢复了一定程度的秩序，那只巨型蜣螂被重新竖起来挂回了墙上，震耳欲聋的音乐也减弱了许多。此刻大概是唯一的机会，如果再不抓紧时间，那就想走也难了。

于是我不再试图解释什么，一把抓住大姨妈的胳膊，拖拽着她朝会所的出口跑去。走廊那端的尽头，依稀有阳光刺破了暗影。我的两腿呼呼生风，只觉得大姨妈的身体轻极了，几乎被我扯得离开了地面，像一只纸糊的风筝。

她的声音从我身后传来：“杨麦，你到底要干吗……不行不行，我得回去，我还有重要的事儿呢。”

“您不能回去。”我一边奔跑一边愤愤地诅咒着，

“我都快被这帮傻×给折腾疯了……说他们是诈骗都侮辱了诈骗犯的智商。还伦敦市场的黄金价格呢，知道交易所的门朝哪儿开吗？他们要是能发财，我他妈早就把白金汉宫都买下来啦……”

又充满责任感地宣布：“我是来救您的，明白吗？”

这么说着，已经跑出了走廊，眼前是一片开阔的大厅。穿过那两扇忽忽悠悠的黄铜大门，不远处就是小区的正门，再越过一片滩涂，便可以回到公路上。那里尽管还是荒凉的郊区，但总会有零星的渔民、过往的车辆，也许还有正在巡逻的海防战士。只要遇到了“外面的人”，我们就算安全了。我可以像从恐怖分子手里侥幸逃生的人质一样雀跃着拦车、大声呼号，“虫虫宝”的人即使追上来也不敢在光天化日之下把我们挟持回去。胜利就在眼前，我所需要的只是别泄气，把两条腿倒腾得快点儿，再快点儿。

但正当我的一只手掌已经触碰到了黄铜大门的边缘，即将破门而出的那一刻，我却感到身后的大姨妈陡然变沉了。她不仅结结实实地往下坠着，而且还往反方向使着力气。这突如其来的负担让我打了个踉跄，被迫回头，便看见大姨妈已经一屁股坐到了地上，两腿叉开，双手紧扣着我的手腕，腰以上的半个身体大幅度地往后仰去，仰得白花花的头皮又从稀薄的头发底下开绽了出来。她像一个挂在汽艇后面的海上滑板运动员，但却不是在乘风破浪地前进，而是试图减缓我的速度，甚至还要将我拖拽回这幢建筑物里面去。

我也实在惊愕于大姨妈焕发出来的力气。她有一百斤吗？她的胳膊几乎还不如一个十岁小孩的粗，但她却硬生生地对抗着我这样一个人高马大的青壮年男人。说句不恭敬的话，精神的力量真是无穷的，而精神病的力量则更加无穷。我斜着肩膀，膝盖打战，那一刻的姿态简直有如纪念碑上那些艰苦卓绝的先烈——想要擎着黑暗的闸门，带我的大姨妈到宽阔光明的地方去——但却悲剧性地不能如愿，一时间再也不能向前推进半步。

“大姨妈，你疯了吗？”我对她喊道。

大姨妈也不答话，她只是憋着气，较着劲，像一棵即将干枯却死也不愿离开泥土的植物。随着夸张的后仰，她的头颅反转着向背后拗了过去，从她的角度，天花板一定变成了地面，地板则变成了天空。在她那颠倒乾坤的视野里，忽然多出了无数只脚，势如天上的奔马。

那是“虫虫宝”的成员们。他们反应过来有人搞破坏，又发现了我的不辞而别，于是当机立断地追了出来。跑在前面的正是瘦脸男人，在他的带领下，人们杂乱地朝我们靠拢，有的正面迫近，有的侧面包抄。他们配合默契，还无师自通地运用了美式橄榄球的擒抱战术，纷纷跳跃着朝我压了过来。伴随着又臭又馊的人肉味儿，我的身上摞了五六具躯体，膝盖嘎嘣一响，匍匐在地。紧接着，我的两条腿也被人搂住了，一边是把我带进来的矮小女人，一边是给过我铺盖卷儿的罗锅，他们撅着屁股，一左一右地在我的胯上只是乱蹭，倒像一对嗷嗷待哺的儿女。尽管全身都被紧紧箍住，我已经摸到黄铜大门的那只手却仍然沿着惯性，往前一厘米一厘米地探着，妄想把门外明艳的日光多放进来半分。但随即，就连这点儿绝望的、仪式化的努力也失败了，大门不由分说地合拢，瘦脸男人一手拽着门把手，居高临下地审视着我。他的目光里还带着某种研究的意味，仿佛我才是一个不可理喻的人。

然后，他在我的脸前蹲下来，沉吟半晌，感叹道：“知人知面不知心啊。”

他的表情还是那么真挚、热忱，淳朴得如同十月里的麦子地。他们在光天化日之下绑架了我，但却冤枉得好像被伤透了心的老实人。我冲他翻了个白眼儿，费力地歪斜着脑袋，想找大姨妈。她已经站起身来，藏在了人堆儿里，肃然垂手而立。而她的脸色又是恬淡、安之若素的了，仿佛几秒钟之前那场激烈的肉体冲撞与她无关。

那一刻，我的思绪游离，如同元神出窍。我不得不承认了一个事实，就是在如今的大姨妈心里，“他们”才是自己人，我则成了她的对立面。对于形容我们关系的那个天文学的比喻，我也必须做出修正。从二十世纪开始，科学家们陆续提出并证实了一个匪夷所思的理论：无边的空间和无尽的时间都是平行叠加的，在一个宇宙之外还可能存在着其他宇宙。不同宇宙之间泾渭分明互不交会，就像一张纸的正反面各画着一方天空，天空都是天空，但两片天空却永远不能合二为一。如果大姨妈是一颗星尘，她就相当于被吸入了黑洞，由此机缘巧合地进入了另一个宇宙。从此以后，她就与我不是一个维度上的存在了，我可以触碰她在这个世界的身体，却无法接近她游弋在另一个世界中的灵魂。

由此上溯引申，也许多年以前我从大姨妈那里感受到的一抹温情，不过是一个孤独的孩子自作多情的幻想罢了。这个幻想慰藉了我也欺骗了我，我和她的故事，从来就是另一个故事，或者压根儿不是故事。念及此处，我干号了两声，口齿不清地喊道：

“大姨妈，大姨妈。”

我所呼唤的只是存在于过往想象中的那个大姨妈。身边的大姨妈果然没有应声。

# 9

我又被囚禁了多久？这一次，我倒是记得清清楚楚，整整七天。

我还记得那天“虫虫宝”的人抓捕了我，随即拿出两根麻绳，像捆猪一样绑住了我的手脚，又不知从哪儿找来了一只旧麻袋，把我的脑袋连带肩膀也套起来。然后，他们就把我举了起来，扛在几副高低不平的肩膀上。如果我是一个谍战电视剧里的特工人员，那么也许还能通过默数身子底下那些搬运工的脚步和转弯次数来估算自己被运向何方，而后借助摩斯码漂流瓶之类的玩意儿向上级求援；再夸张点儿，如果我是个抗战电视剧里的贞洁烈妇，甚至还可以从裤裆里变出一枚粗大的手榴弹，干脆和这帮家伙同归于尽算了。但很遗憾，我只是一个不合格的记者。我不敢指望还能发生什么神奇的转机，心里反而想，假如他们决定把我活埋或者扔到海里去，那么我的焦虑症也就可以一劳永逸地治愈了。死人的精神病发病率，明显是要低于活人的。于是，我虽然身悬半空，但又扭动着躯干，侧躺过去，变成了胎儿一般蜷缩着的姿势。在潜意识里，我希望自己能够舒坦、自在地“质本洁来还洁去”。

这个动作无疑给搬运我的人造成了不小的负担。他们歪斜了几下，好不容易稳住重心，就有一个人从我的脚下说：“朋友，都到了这个份儿上，你就别折腾了行吗？”

声音是和我同屋的鹰勾鼻子的。与其呼应，我的另一位室友，娃娃脸的小眼镜也开口了。他位于我的脑袋附近，“你可把我们害苦了，大家都被你连累了。”

接着，那个罗锅就从我的胯骨底下打断了他们。考虑到体型的因素，由他来承受我最接近地面的那个部位，真是再合适不过了。虽然因为出力最多而气喘吁吁，但罗锅的立场比另外两位坚定得多，他气哼哼地说：“别说那些没用的，跟这种人不用废话。”

又说：“铺盖我要拿回去了。”

身材略高于一米二的妇女在一旁加油，“你行”，瘦脸男人则走在队伍前方，不时简单地指一下路。看来处置我的，仍然是我们那一组的“同事”。这也很正常，代理制度嘛，责权统一，哪个部门出了败类，就得由哪个部门来清理门户。

那么大姨妈呢？自始至终，我没听到她的声音。假如她仍然跟着我，那么就连脚步也轻得隐匿起来了。颠簸晃荡了好一段路程，他们终于把我的身体降低了下去，却没放在地上，而是一摇两摇，像甩面口袋一样悠了起来，准确地扔进了一个狭小的空间里。我的肩膀和膝盖撞在了某种金属外壳上，发出了擂鼓般的闷响。余音环绕，耳中嗡鸣不休。我还闻到了一股铁锈混杂着煤渣的气味，像锉子一样，刮得我的气管干涩地疼痛起来。我开始声势浩大地咳嗽，其间听到砰的一声，一扇厚重的铁门被关上了。当我憋住咳嗽，周围便陷入了静默，不要说“虫虫宝”的几位成员，就连连绵的风声和海浪声都被隔绝在外了。

幸亏我的双手被捆绑在了身体前侧而非背后，于是我忍着疼痛，抬起胳膊，费力地扯掉了罩在上半身的麻袋。一层黑暗剥开，暴露出来的是另一层黑暗。但这新的一层黑暗仿佛被稀释了，朦朦胧胧还能看见东西。我可以判断自己被关进了一个两米见宽、不到一层楼高的金属壳子里，周围的空间被铸造成了大致规则的椭圆形。抬头向上，便看见壳体的顶部开裂着一条参差不平的缝隙，形成了一道光弧，正在忽闪忽闪地发亮。那就是我在此后几天里唯一可见的光源了——也确保了空气的供应，不至于把我像被关在货轮底舱的偷渡难民一样活活闷死。

借助于牙齿的帮助，我解开了手腕上那条粗壮的麻绳。那帮孙子捆得还真尽心，为了咬住绳头，啃得我的牙床都冒血了。而在双脚也被释放之后，我才明白了在眼下的处境里，肢体自由其实没有实质性的意义。我耐心地沿着金属壳体的内壁摸索了很久，又发狂地撞击、蹬踹着自己被扔进来的那道铁门，黑暗的空间却像洪钟一样岿然不动。它是那么坚固、厚实，通体震颤的回响如同嘲笑，无所不在而又寓意深长。

就在这时，焦虑症便恰到好处地发作了。前一秒钟，我还像飞进了微波炉的苍蝇那样四处乱撞，后一秒钟就四肢无力，头晕目眩，瘫倒在锈迹斑斑的铁壳底部。我下意识地摸了摸身上，身上空无一物。药物被装在随身携带的帆布包里，抓捕我的同时，书包已经被“虫虫宝”的人没收了。于是我只能默默忍受，心里知道再也没什么能帮上我了。偏偏这一次的症状又比以前来得更加凶猛，伴随着折磨加剧，我呼吸困难，筛糠一般打着摆子，直想以头抢地，或者张嘴从手腕上咬下一块肉来。然而就连这也不能，我连动弹一下身体的力气都没有。时间流逝得如此缓慢，仿佛过了一个世纪那么久，头顶的光弧才渐渐地暗了下去。夜晚到来了，稀释的黑暗重新变得浓郁，伸手不见五指，我几乎是睁着眼睡着了。

形同炼狱的第一天就这么过去，接着是比炼狱更加凄惨的第二天、第三天。早上的太阳照常升起，那道光弧恍然再现。当它的亮度随着日照的角度逼近峰值，周围的温度便会急剧升高，滚滚不休的热浪从四面八方汇聚而来。这地方正午时分的酷热是很可怕的，而身处于一个几乎完全密封、直接暴露在太阳之下的铁壳子内部，原有的酷热又会被浓缩、放大好几倍。我浑身喷汗，湿得像刚从海里捞上来一样，几乎虚脱却又不敢坐下，这是因为不管触及壳体的哪个位置，都会烫得皮肉刺啦一声，释放出一股火棍子燎猪毛的焦煳味儿。我只好踮着脚尖，在铁壳子的中心地带站一会儿，蹲一会儿，心里固然想到了炮烙、“请君入瓮”之类属于我们民族的光荣历史，还回味起了叫花鸡、坛子肉和焖炉烤鸭等传统美食的烹饪方法。相传还有一位独具匠心的太监，发明了一道风靡皇宫的名菜：取活鹅若干，掌涂酱料，复用大铁板以炭火烧红，置鹅于板上行走，数十步后，斩其掌蹼而食，味鲜美。而这时，好像卡准了时间一样，我的头顶便会传来豁然一响。这个金属壳体的顶端还有一扇铁盖，现在正有人吃力地将它掀开。至于那道光弧，原来是铁盖边缘的缺口，大概是日晒雨淋侵蚀而成。从天而降的强光几乎令我失明，好不容易适应过来，我看到光弧已经扩展成了一根通体透明的光柱，硬邦邦地直插地面。那一瞬间，我很有搂着它爬上去的冲动，但这当然不大可能实现——即使我真的爬上去了，上面的人也会一脚把我踹下来。来者并不说话，径直抛下两样东西。那是一个又干又硬的剩馒头和半塑料桶泛着馊味儿的淡水。有了水和干粮，我也就有了抵御酷热的体力。而在欣慰于暂且没有性命之忧的同时，我也意识到，这将是我在一天中唯一有可能与外界发生联系的机会了。我的饲养员们很有规律，但也很图省事儿，每天只会顶着烈日来上那么一趟。因此，在对着瓶口一通牛饮之后，我便尝试着跟上面的人打个招呼。

“是睡我边上的兄弟吗？”我仰着头问。

无人应答。圆洞的边缘露出了小半张脸，但逆光看去，只有一片模糊。

“要不就是领我来的大姐？”我又问。

仍然静默无声。对于一只井底之蛙而言，这无异于另一种形式的残酷惩罚，使我几乎怀念起跟他们还是“一家人”的好日子了。于是我又崩溃了，不顾立场和尊严，曲项向天歌，对着洞口一把鼻涕一把泪地哭诉起来。我说我妄想逃跑是糊涂油蒙了心，辜负了“好朋友们”的信任与厚爱；现在我知错了，只想请他们再给我一次机会，“挽救我”。我还保证，如果把我放出去，我肯定不会泄露公司的机密，而且要拿出十二分的激情和大家一起“干事业”，“全组冲黄金”。我又指出，即便我的行为已经为公司的纪律所不容，但出于最基本的人道主义原则，也请他们可怜可怜我。每天只能摄取极少量的养分，我的皮肉已经有了浮肿的趋势；因为缺乏维生素，我的嘴角开始溃烂流脓，再这么下去，过不了多久就要死于败血病了。更要命的是，在这个狭小的环境里，我还得与自己的排泄物朝夕共处。你们闻一闻，我是不是已经臭得像一泡大便了？须知上天有好生之德，看得出来你们又都是心地善良的人，假如我真死在这里，你们就不会有一点儿难过吗？

“要不就直接弄死我算了。”我还放狠话，“在这个世道，连杀人的胆儿都没有，鬼才相信你们这些废物能发家致富。”

对于我的或哀求或要挟，来者一律不予理会。他们不动声色地扣上铁盖，拧紧开关，随后杳无踪迹。我相当于表演了一场无人喝彩的独角戏，头上只剩下了那道颇具象征意义的光弧。激愤之下，我也动过绝食的心思，但仅仅尝试了半天，就发现我远没有自以为的那样刚烈。当严重萎缩的胃部无力地抽动起来，我便不争气地抓起身边的食物，像啮齿类动物一样仔细地啃食起来，同时盘算着这顿饭变成粪便之后，我应该把它拉在哪个角落，才能给自己留下一块可以躺下的空间。

这么下去什么时候是个头儿呢？“虫虫宝”的人到底打算拿我怎么办？当一场雷雨浇灭了酷热，断了线的水珠透过光弧滴落到我的脑门上，我的思绪才难得地清晰起来，开始琢磨这些现实问题。思考的结果是令人绝望的。归根结底，我的死活取决于“虫虫宝”能在这片废弃的建筑物之间盘踞多久，以及他们还有耐心把饲养我的工作执行多久。

日升日落，光弧亮了又暗。头顶的铁盖按部就班地打开，又铁面无私地关闭。在被拘禁的第四天，情况终于发生了变化——比我所预计的要来得早了一些。

那天，送水送饭的人并未按时出现。快要接近晚上，头顶才响了一声，随后有东西抛下来。食物和水的数量不比往日更多，质量却发生了显著的提高。馒头换成了一张油汪汪的葱花饼，里面还夹了段火腿肠，饮料则是一罐青岛啤酒。这是他们在讨好我、拉拢我的那个阶段才会提供的饮食。

铁盖也没有像往常一样随即合拢，光柱就那么坚挺地杵在我的双腿之间。直到飞舞的灰尘悉数落地，眼前仍是亮的。我这才仰起脑袋，望了上去。巴掌大的洞口之外，透彻的天空布满了镶着金边的火烧云，真是个难得一遇的好天气。

我叹息一声，一时竟觉得安然而又怅惘。

接着，上面那人也露出来了。他用大便的姿势蹲在铁壳顶端，低头和我对视。阳光不像正午那样暴烈，因而我可以看清他的面孔。正是我们那个“组”的带头人，河南口音的瘦脸男人。他神色呆滞，脸上像结了层壳。而我也实在想不出和他还有什么好说的，于是两人沉默不语，倒像多少话都在不言中了。

片刻，瘦脸男人叹了口气：“兄弟，好自为之吧。”

我哑着嗓子说：“兄弟，烟酒不分家呀。”

他就笑了，“这也是个合理的要求。”

说完从兜里摸出烟来，点着一支，甩了下来。尽管虚弱无比，但那一刻我的反应却出人意料地灵敏，随手一探便将那烟凌空捏住，稳健地送进嘴里。上面的瘦脸男人慢慢站起来，用脚扣上了铁盖，美艳的天穹像眼睛一样闭上了。凝视着手里的那颗火星，我告诉自己，了断的时刻终于到来了。赏赐给我一顿好饭，当然不是大发善心，而是他们打算“送我上路”了。给我惹来杀身之祸的，想必正是他们从我手里抢走的那只帆布包。包里除了衣服和药，还藏着一台记者“暗访”时专用的数码摄像机和几块硬盘。来南方之前，我从报社器材科骗到了这套东西，又把它们缝在了书包的特制夹层里，外面只露出了针孔摄像头。假如“虫虫宝”的人找到了摄像机并能正确操作它的话，就会发现我已经把打入他们内部之后的大部分所见所闻都拍摄了下来：晚上的例会、盛大的集会、宣讲、谈心、狂呼口号……我敢说，我搜集到了足以让同行羡慕不已的一手素材，要是把它们剪辑成纪录片，足够获个新闻界的二流奖了。但是很遗憾，也正是这些成果把我的身份暴露了。

然后我心里骂着娘，把瘦脸男人的祖宗八代诅咒了一溜够。骂他倒不是因为他要弄死我，而是他要弄死我的方式方法。他明明可以抛下几块巨石，把我的脑袋砸成一摊拌着草莓酱的杏仁豆腐，也可以打开壳体侧面的铁门引我出洞，再像捕猎土拨鼠一样照着我的后脖颈子来上一榔头。但他就连这点儿体力活儿都懒得干，而是选择了最轻松也最残忍的手段，那就是无所作为，把我遗弃在这个酷热的密闭空间里活活渴死、饿死。钝刀子割头才是最疼的，吃了这顿饱饭，以后就不会再有人来给我投食了，在不久的将来，我会变成一具全须全尾儿的干尸标本等待后人观瞻。

对死法的恐惧超越了死亡本身，我一边啃着最后一块干粮，一边抽抽搭搭地呜咽起来。鬼哭一般的悲歌在黑暗的铁壳子里形成了环绕立体声，但也很奇怪，我一唱三叹地哀鸣了许久，抬手抹一把脸，却发现眼眶干巴巴的，就像两口旷日持久的枯井。难道眼泪都变成了汗水，早就流干了吗？还是我这种人已经虚伪惯了，以至于连哀悼自己都没那么尽心尽力了？

另一件矛盾的事情，则是心里虽然认了命，但我却在肉体上竭尽全力地求生。或者说，明知必死无疑，我也要力争让自己死得缓慢一点儿。我摸索着，把前几天用剩下的容器排列起来，预备再下雨的时候就用它们凑近头顶的裂缝去接水。回想着以前看过的一些“荒野求生”的电影情节，我还给自己制订了一个作息计划，包括什么时候睡觉，什么时候站起来活动关节，什么时候擦洗一下裸露的部位以免皮肤溃烂——其要义是尽可能地减缓新陈代谢，拖延油尽灯枯的那一刻的来临。根据某些未经证实的实验数据，人在忍饥挨饿但却保证水源的状况下，大致还能活个十天半个月。而只要比注定该死的那个时刻多活一天、一个小时哪怕是一分钟，也可以视为一场胜利了吧。

“你能杀死我，但却不能打败我”，我用这句经典台词勉励着自己。在我的印象中，此类豪言壮语通常属于那些胸肌上覆盖着厚重的体毛、大脑沟回比大肠还要“一根筋”的西方硬汉。我从来不曾相信他们，就像我连自己也不相信一样。但现在，我却不得不强迫自己焕发出一点儿英雄气概来——哪怕仅仅是为了做个样子呢？否则以后就连“绷块儿”的机会都没有了。到后来，我甚至念叨起了那句令人反胃的话：

“你行，你一定行，你必须行。”

但现实却跟我开了一个恶意的玩笑。在这沿海地带，雷阵雨本来是几乎每日必至的，哪怕错过了一天，第二天也会加倍补上，然而此后的一天、两天、三天，外面的气候却像突然从雨季进入了旱季，一滴水也没有落下来。这样一来，就连挑战一下生存纪录的愿望也不能实现了。手边那罐啤酒成了唯一的补给，打开它后，我勒令自己厉行节约，只有实在渴得受不了了才能呷一口润润嘴唇。这种自律却让我吃了大亏，再一次把罐子递到嘴边，我感到它轻了一多半儿，原来是被迅速蒸发掉了。因为不下雨，酷热被大幅度地延长了，气温早已突破了地球上大部分哺乳动物所能忍耐的极限。我知道自己还剩下一个体现“自由意志”的机会，那就是趁着仍有力气，像兔子一样一头撞向铁壳的内壁，把脖子折断。懂得以自杀的方式免除无可逃避的痛苦，这恐怕也是人类比其他生物更聪明的证明。但我只是想了一想，随即否决了这种选择。不仅如此，在执拗的、非要和什么东西较劲的情绪支配之下，尽管我的意识正在随着体内水分消失殆尽，但我仍然力图让自己保持清醒，睁大眼睛，以便看清“死亡”本身的长相。我仿佛认为，这种姿态是自己对世界所能做出的唯一答复。

第五天，我试图品尝一下自己的尿。未果。不是喝不下去，而是尿不出来。

第六天，当我像一块嚼过的口香糖似的粘在铁壳内壁上时，连皮肤的灼痛也感觉不到了。

第七天，我失去了实存之感，幻觉一层层扑面而来。我时而觉得自己坐在单位的格子间里，时而回到了幼年风雨交加之夜的被窝里，时而又穿越到了少小离家时的那盏昏黄的灯下。在并不算漫长却足够嘈杂的生涯中，我总想摆脱现状，却发现一个窘迫的现状之外，包裹着另一个更加窘迫的现状。明知正在徒劳，可我为什么总不死心呢？难道说，我的心里还藏着什么高远、美妙、神秘莫测的事物，它平时遥不可见，却会在不经意之间显露形迹——虽然惊鸿一瞥，但却足以令人迷醉，让我觉得生活是值得的？

就像我抬头仰望的那道光弧。在一片漆黑和憋闷之中，它是如此流光溢彩，仿佛不是铁壳子顶端的裂缝，而是天幕里的一条星河。它的光芒里涌动着纯然的喜悦与自由。我伸手，欲触碰那条星河，指尖果然感到了直沁而来的凉意。它一线通透，贯穿了我的神经，驱散了旷日持久的疲乏与疼痛。我的感官随之敏锐、充盈，并陡然获得了将灵魂抛上星空的能力。我悬浮着，幻动着，越升越高，上无极限，从远在光年以外的距离俯瞰世间——以及弥留世间的自己——一切都是那么渺小。不仅是形体的渺小，而且是本质的渺小。于是我俨然笑了，笑而不露痕迹，觉得终于可以无所谓了。无论我在此处还是在别处，都如同宇宙中的一个天体，有明有暗，但却无悲无喜。

这就是传说中的回光返照了吧。假如这是毕生只有一次的巅峰体验，那么我可得尽情地享受它。我还听人说过，在人临死之前的那个时刻，会如愿以偿地遇到自己想见而又见不到的亲人、故人和爱人，并且他们所呈现的都是你希望见到的那副样子。于是我闭上眼睛，等待我的父亲和母亲从虚空中走来，我想他们应该是一对恩爱夫妻，几十年没红过脸。我还等待着我那同母异父的妹妹，想让她记住世上还有我这么个哥。

但这些人都没有出现，我的眼前仍是黑暗，和睁眼时看到的一样。接着便有微弱的敲击声从遥远的上空传来，它迟疑、隐蔽、不可捉摸，就像一场犹豫不决的雨水的前奏。

还有人对我说话。那声音仿佛是从星河般的光弧里播撒下来的：

“没事儿，杨麦，没事儿。”

很久以前，曾经有人对我说过这样的话。是大姨妈吗？虽然我已经不敢期望见到她了，但她还是出现了。我认定她是另一个世界里的人，她却代表了我在这个世界的亲朋故旧。我不知道自己的潜意识为何这样安排。

我抽动了一下干涸的喉咙，回答道：“大姨妈，我快没事儿了。”

大姨妈的声音若有若无：“没事儿就好，别怕。”

“我不怕。”

“你得走了。”

“我是得走了。”

“我是说真的，你得走。”大姨妈说，“走了就别回来。”

“我这就走，想回也回不来了。”我说。

然后声音就消失了，我从闭上眼睛的黑暗滑落到了蒙蔽一切感官的黑暗。

## 10

再醒来，我乍以为自己已经“走”了。但这个判断本身违背了我所接受过的经典唯物主义教育——也即“人死灯灭物质不灭”云云。那么果真存在着前生后世吗？如果是这样，此刻的我大约应该像章回小说里描绘的，“一魂缥缈，不知向何处而去”了吧。但我睁开眼，却发现身边那厚硬的铁壳子依然笼罩着我。头顶的光弧也在，但是失去了神秘而瑰丽的色彩，变回了铸铁盖子边缘的一道裂缝。我又感觉到了酷热，还有呼吸艰难，以及因为饥肠辘辘而一阵紧似一阵的胃痛。也就是说，我还在原处，我的肉身与精神还在一处。

当我反手撑住铁壁，想要让自己稍微坐直一些时，身后发出了铿然一响。那是一道铁门，他们通过它把我扔了进来，此后的七天紧紧锁住，现在它开了。纷纷簌簌地落下一撮铁渣，光亮像固体一般撞了进来，几乎把铁壳子撑爆了。我木然许久，欠过身去，探头探脑地看向铁门之外：一方粗糙的水泥地被圈在一间水泥房子里。说是房子都有点儿勉强，因为它根本还没来得及封顶，也恰因为此，我才能从头上的那条缝隙看见天光。“屋”外又是水泥地，再远处则是高耸的围墙。围墙的另一侧，传来了惊心动魄的海浪之声。

经过几次失败的努力，我滚出了那只铁壳子。从外部打量一眼，这才弄清楚，原来它是一只锅炉。南方的小区在设计建造时不需考虑供暖，只要能给住户提供热水就行，因而这只锅炉的体积并不大。也幸亏装好之后，它大约只是试运行了一两次就荒废了，否则里面积攒下来的煤灰都能把我埋了。“虫虫宝”的人还真会找地方，把我囚禁在这玩意儿里面，那真是叫天天不应，叫地地不灵。

随后看到的东西更让人吃惊。我来时带着的帆布包，此刻正静静地摆放在锅炉房门洞的里侧。我匍匐着爬过去，连咬带拽地扯开了拉链。里面的东西一应俱全，不仅有药，就连数码摄像机和硬盘都在，此外还多了两瓶矿泉水和几个干馒头。我把食物塞进嘴里，辛酸地嚼着，喝着，胃更疼了，但嘴却停不下来。水泡松了馒头在腹腔里膨胀，据说有不少红军战士走完了雪山草地，就是被第一顿饱饭活活撑死的。我抠着喉咙呕吐了两声，这才勉强阻止了进食的冲动，四仰八叉地平躺在地上。

直躺到火烧云的金边褪去，苍穹被涂成了钢笔墨水的颜色，我才渐渐恢复了直立行走的能力。趁着还有亮，我两腿发软地走出了锅炉房，心里却并不害怕再碰上“虫虫宝”的人。怕也没用。即便从锅炉里脱身，但我仍在明处而他们在暗处，我势单力孤而他们人多势众，如果他们打算把我塞回去，那么我连反抗的力气也没有。相反，我倒是隐隐期望能见到个把活人，那可以帮我弄清楚到底发生了什么——铁门是谁从外面打开的，帆布包、水和食物又是谁送来的？一连串的问题在我刚刚重启的大脑里纠缠，想也想不出个所以然，我只能凭着本能走一步算一步。穿过安放着弱电井的空地，又经过一排大概准备用作保安宿舍的平房，我走向了小区主体的那片联排别墅。一路上并未有人跳出来对我大喊大叫，更没人故技重施地将我压在地上。事实上，我连一个人影也没看见。

难道那些看守决定放任我大摇大摆地溜走吗？这太不负责任了，不像他们的作风啊。或者他们又都聚集到会所去开宣讲会了？我踯躅起来，像只走错门的鸡一样张望着，聆听着，可远处也没有传来排山倒海的呼号。除了海浪，小区里静悄悄的，天又黑了一层，四下竟有些阴森。我索性找到自己住过的那栋别墅，推门走了进去。屋里没人，但又确凿地表明这里曾经有过人。墙角散落着烟头、廉价食品包装袋和菜叶，一扇半开的窗户上挂着条男人穿的大裤衩子。厨房的地板上，用来做饭的煤油炉还没有撤走，就连饭菜的哈喇味儿都没有消散。然而铺盖卷儿却一个不剩，袒露出空空荡荡的地板。我暗自心惊，顺着楼梯上楼，又从楼上巡视回楼下，壮胆儿似的放肆叫嚣：

“有喘气儿的吗？”

“不要捉迷藏了好不好。”

“你们丫不是‘行’吗？来抓我呀。”

空有回声。我踱出房门，来到路面上，从地上捡了些碎砖头，因为上肢乏力而掷偏了两次，终于砸碎了隔壁一幢房屋的玻璃窗。连鸟也没有惊起一只，唯一出现的活物是一窝壁虎，它们像滑冰一样掠过墙面，发出近似于钉钉子的叫声。至此可以确定，整个儿小区里除了我以外再没别人。这座荒城里明明盘踞着成百上千癫狂的男女，现在他们却像被大风吹走一样无影无踪。这个判断甚至让我怏怏的，连逃跑的兴趣都消失了。我取出矿泉水又喝了几口，踽踽而行出了小区正门，却不往城里走，而是绕行到围墙外的海滩上。

又是涨潮时刻，泛着泡沫的海浪先后席卷上岸，像软体动物一样留下一地黏滞的汁液。我把帆布包放到一块礁石后面，脱了衣服，缓缓走进海水，一面承受冲刷，一面上下其手地搓洗自己。脸上身上的污泥被迅速洗净，因为多日不见阳光，我的皮肉苍白得好像刚被从子宫里掏出来一样。我望了望海，又望了望天，这才意识到自己正在享受自由。心里轰然一响，我被震撼得无所适从，打着哆嗦跪进海水里，赤条条地面对海低天高，星斗密布，觉得自己如同创世之初的第一个人类。

徒步走回县城之后，我立刻去公安局报了案，而后又给单位打电话。一个北京的记者被传销团伙绑架、拘禁，差点儿连命都送了，这本身就是一个相当劲爆的新闻。省内的执法系统迅速运转了起来，没过多久，捷报频传。公安重点清查了小旅馆和出租房，发现了若干“虫虫宝”成员的藏身之所。那些家伙在逃亡的路上都不知道分散行动，还像过去那样成规模成建制地聚居在一起，于是只要发现一个线索，就能顺藤摸瓜地端掉整个儿“大区”。还有一些腿脚比较快的已经登上了横越琼州海峡的渡轮，也被临时增设在对岸的哨点逮个正着。动静越闹越大，专项打击又有演变成人民战争的趋势，很多地方的居委会都开始擅自审问片区内没办暂住证的外来人口。随着邀功请赏的日益增多，公安机关也犯了难：涉案人数已经远远超出了他们的想象，如果再这么抓下去，各地的拘留所都不够用的了。好在如今中国的土地上最不缺的就是房子，省公安厅和建设部门临时协调，专门在海口郊区征用了一个五证不全的烂尾小区，先把所有嫌疑人集中在那里看押起来。于是乎，“虫虫宝”便相当于从一座鬼城转移到了另一座鬼城，住的都是海景房。

除了取走我的摄像机留作证据，省厅还专门派人接我去“配合调查”，让我现场指认传销团伙的骨干分子。在路上，我向警察问起，抓获的那些人将会如何处理。对方表示，如果确定是团伙的“发起者和组织者”，就得追究刑事责任，量刑标准参照非法集资和经济诈骗；而对于“被蒙蔽的一般群众”，执法机关也只能通知单位和亲属来接人，联系不上的干脆打张火车票发送回原籍了事。也就是说，处罚也处罚不到大姨妈这个级别的头上。

来到看押地点，警方让被看押的传销人员排成方队，在一块空地上站好，指认工作随即开始。在队伍里穿插了几个来回，我的心却又凉了下去——每张上了年纪的女人的脸我都会格外留意，可到底还是没有看见大姨妈。不光是她，另外一些关键人物也不见踪影，其中就包括河南口音的瘦脸男人和英国贵族碧格蒂女士。将要离开队列的时候，却察觉到有人畏缩着，一个劲儿扭脸躲着我。我停下脚步，揪着那人的耳朵，把他的脑袋拽了过来。

是和我睡过一个屋的鹰勾鼻子，他紧张得吸吸溜溜的，“兄弟……没想到你还活着。”

我冷冷盯着他，“托你们的福，死了一半儿没死成。”

“别记恨我，都是他们的主意。”

“他们是谁？”

“上面……具体的我也不清楚。”

“他们还真想弄死我？”

“确实。他们说你是内奸，要泄露公司机密。”对方扭了扭身子，看上去竟有几分难为情，“不过派去动手的只有一个人，就是咱们那个大区的‘总代’。他回来说，根本不用费事，你已经有上气儿没下气儿了，过不了两天肯定死。我们看出他是胆儿小，不敢亲手杀人……不过谁他妈的敢杀人啊。都是来挣钱的，怎么就闹到了要出人命的地步。”

鹰勾鼻子说到一半，飞快地闭上了嘴。一个老警官背着手踱到了我们身边，指着他问是不是骨干成员，我摇头说不是，“一般群众而已。”

“那你们聊什么呢？”

“在‘里面’就认识，他一直挺照顾我的。”

“那你的事儿不大。”老警官拍拍鹰勾鼻子的肩膀，“好好反省吧。”

说完跨出铁丝网，招呼其他警察过来，把被我指认的那些人铐上领走。哨声又响了起来，大部队缓慢地向楼里移动。趁着别人都在忙活，我扯着鹰勾鼻子的胳膊，把他带到一个背阴处，向他询问我被关进锅炉以后到底发生了什么。

“你肯定不会向警察举报我吧？”看到我有求于他，鹰勾鼻子又向我确认道。

“要举报刚才不就举报了嘛。再说你也不算骨干。”我说。

“……我指的是把你关在锅炉里的事儿。”

“当时人仰马翻的，我哪儿记得清谁动过手。”我故作大度地保证。

鹰勾鼻子放下了戒备，果然说出了一些外人无从得知，就连警察审也审不出来的事情。他告诉我，那天瞻仰过了英国温莎侯爵的华裔女继承人，“虫虫宝”本次全国大会的议程便接近了尾声。公司发布喜讯，新一轮的融资已经超额完成，接下去，所有员工又要踏上新的征程，争取发展更多下线，把“项目”进一步做强做大。众人分批次离开，因为还要给“突发事件”善后，我所在的那个组算是动身比较晚的。三天之后，他们才一起潜回了县城，又从那里分头动身，有的坐火车，有的坐汽车，赶到“文昌鸡”以及“宋氏三姐妹”的故乡重新集合。再次见面，瘦脸男人宣读了公司决定：全组业绩出色，不仅获得了全额季度奖金，而且有近一半人员冲上了“黄金股东”的级别。这固然是一个振奋人心的好消息，然而大家却怎么也高兴不起来，就连那顿瘦脸男人自掏腰包举办的庆功宴都吃得气氛压抑。人们心里挂着一件事，那就是我的阴谋行径和可耻下场。他们都把我当兄弟，当亲人，可“没想到甫志高他是毒蛇”；但话说回来，即使是一条毒蛇，我就应该被关在锅炉里等死吗？

事实上，自从“上面”的命令刚一传达下来，人们就已经陷入纠结之中了。他们都是老实人，没有加害于人的胆量，更缺乏杀伐决断的魄力，也许他们还认为自己之所以混得不好，一直都没有“成功”，恰恰是被那点儿食之无味弃之可惜的善良拖了后腿。假如说把我囚禁起来还可以理解为惩罚我、教育我，但事态突然上升到要处决我、消灭我的地步，这就把他们的胆儿都给吓破了。没人敢应这个茬儿，但也没人敢提出异议。最后，任务还是落到了瘦脸男人头上——毕竟牛逼吹得越大，责任也就越大。作为带头大哥，他可不能一天到晚光勉励别人“你行”，到了关键时刻，他自己该“行”也得“行”。可以想象，在去执行任务的路上，瘦脸男人一定默念着各种励志口号，一边给自己鼓劲儿，一边设计好了弄死我的若干种方法，然而想得挺过瘾，事到临头，他却还是㞞了，“不行”了。于是他索性选择了撒手不管，任由我在锅炉里自生自灭。他还假惺惺地让我吃了顿好的，又跟我道了个别。这无疑是一条折中道路，如此一来，他就可以自欺欺人，认为自己既不算是背叛了公司，又不必背上一条人命的心理负担了。

但瘦脸男人的做法反而进一步加剧了众人的心病。自从抛下我上了路，大家就开始度日如年地数着时间，估算我究竟死了没死，如果没死的话，又到哪个阶段了。还有人回忆起了我和大家朝夕共处时少有的一两次善举，比如多吃多占之余会把喝剩下的啤酒分给别人，再比如实在闲得无聊了也会帮着收拾厨房、擦洗地板。这些点滴记忆当然不能扭转我那令人讨厌的印象，但也让我的嘴脸变得生动了起来，使他们无法否认我也是一个活生生的“人”。组里的人心事重重，魂不守舍，一股抑郁的气氛在团队里蔓延。瘦脸男人敏锐地感到“人心要散”，他对大家进行了火线动员，但话里话外却总像是在撇清自己，反复强调我不是被他“亲手弄死”的。他越是苦口婆心，思想工作的效果就越是大打折扣。

在文昌的一家旅馆里，又有一些新成员加入了他们的队伍，那是瘦脸男人以前在河南发展的“下线”。在全体大会上，人们还看见那些人载歌载舞、从英国温莎侯爵女继承人的手里接过了十万英镑的内部印刷支票。瘦脸男人原本计划，要把新兵旧部合为一处，打造出一支规模空前的营销队伍，垄断“虫虫宝”在华中和华南地区的业务；凭借这个举措，他自己也将有机会再进一步，成为公司的少数几名顶级决策者之一。据说一旦实现了那个层次的飞跃，他就不必再带领中国的穷兄弟们走街串巷了，而是可以常驻在伦敦、纽约甚至阿联酋的迪拜，整日里坐着游艇喝着香槟看着比基尼，跟欧洲贵族、美国资本家和阿拉伯王室一起共商大业。他还可以独立开发项目，搞出一些从蚁后身上提炼不孕不育药品，利用蜜蜂屁股制造生化武器之类的新名堂。而在这个人心涣散之际，久经考验的老战士又是多么可贵啊，瘦脸男人指望着那些人能够帮助他稳定军心，再把士气提振起来。与此同时，作为一名带头人，他也不能总是纠结过去，毕竟将来还有更重要的事情需要他去处理。给新来的人安排好任务之后，他就放心地独自离开，去为团队的下一步发展做准备了。

但瘦脸男人打错了算盘。后来向他公开发难并让他威信扫地的，恰恰是他原先带出来的“冠军团队”——确切地说，是其中的一个小老太太。这女人的面目模糊，只记得又瘦又皱；年纪也很模糊，说五十多岁也像，说六十往上也像；从背后乍看，就连性别都很模糊，很难分清那件肥大的西服下面罩着的究竟是男人还是女人。但在一片模糊之中，她又有两个特点让大家印象深刻。其一是说一嘴字正腔圆的北京话，所以刚见面时，人们叫她“北京大姐”。其二是会做饭，一来就提高了大家的伙食质量，从此不必到粗劣的路边摊去填饱肚子了，因此大家又开始管她叫“做饭大姐”。说话好听做饭好吃，按说这样一个人，应该是让人觉得亲近的，但人们一提起她，却又不由得心惊肉跳。

这就涉及那女人在其他方面的表现了。

在瘦脸男人离开的日子里，“冠军团队”的成员都在努力完成他托付的任务，现身说法，先进带后进，只有这个女人几乎不与人交往。从早到晚，她除了在厨房里忙活，就是眼神发直地到处游荡，有时擦身而过，人们还会听见她嘴里嘀嘀咕咕的。嘀咕些什么呢？无非还是“我行”那一套。别人嘴里的激昂励志，在她那儿却变成了含混不清的咒语。于是大家都觉得这女人有点儿神道，大概是“干事业”干得走火入魔了——非常诡异，在传销团伙内部，居然也会有些“正常人”认为另一些人是“不正常”的。但这还不是她最让人觉得别扭的地方。人们之所以怕她，是因为这女人看似神志不清，但当你已经打算忽略她的时候，她却会在你毫无防备之际跳出来，问出一个你总想逃避却无法逃避的问题。

“你们组的那个小伙子，他怎么没来？”她问鹰勾鼻子。

“你们是怎么教育他的，关他的禁闭了吗？”她问罗锅。

“你们走的时候，把他留在哪儿了？”她问略高于一米二的矮小女人。

这女人仿佛是在故意戳大家的疮疤，给大家已经很重的心理负担再增加分量。但躲又躲不开，无论你正在吃饭还是刚上完厕所，抑或是坐在马路边的棕榈树下发呆的时候，她都有可能像个鬼魂似的飘到你身后，响亮地、毫无铺垫地发问，活活能把谁吓死。胆儿小的人甚至联想到，假如我已经嗝儿屁了，那么这女人没准儿是被从阴曹地府派来向大家索命的。而对于她的提问，大家最初无言以对，后来被问得急了，也只能支支吾吾地搪塞。

“他不是你带头抓起来的吗，你应该知道呀。”略高于一米二的矮小女人回答她。

她便又说：“可是把他带走的是你们，还不让我跟着去。”

“这件事情只有‘上面’才清楚，你得问‘总代’。”罗锅回答她。

她便又说：“问过‘总代’，他也不说。他什么时候回来？”

“人人都说那人是内奸，你可要站稳立场。”鹰勾鼻子回答她。

她便又说：“已经定性了吗？有证据吗？”

人们像陪她做着一个废话连篇的猜谜游戏，所有人瞒着一个人，但又知道瞒是瞒不住的。终于，真相大白的时刻到了。那天晚上，在外奔忙了两天的瘦脸男人赶了回来，立即召开紧急会议。他亮出一沓车票，宣布三更造饭，五更动身，明天凌晨就要离开此地前往省城。那里还有一些“好朋友们”在等候大家，会合之后就要一起渡海，再坐火车前往深圳，届时大家将会迎来一个巨大的惊喜——“我们的事业总是一个惊喜伴随着又一个惊喜，不是吗？”——他已经谈妥了一层写字楼的租赁事宜，人到即可入驻。从此以后，跟随他的兄弟姐妹们就不必四处辗转日晒雨淋了，更不必担心别人会污蔑他们是一个皮包公司。他们将要成为“虫虫宝”第一支在中国大陆拥有固定办公地点的团队，而正规化、企业化是大势所趋，也是他们事业发展的必经之路。

“除了写字楼，还有统一着装和三险一金，黄金级别以上员工提供单间宿舍。”瘦脸男人许诺道，“如果大家同意，还可以考虑每人都起一个英文名字，汤姆和杰瑞什么的，史努比也行。想咋样就咋样，电视里演的‘五百强’咋样咱就咋样。”

他两眼放光地说完，环视众人，认为此处应该有掌声。但场面沉闷，气氛就像他走之前一样压抑。伴随着失落，瘦脸男人不禁还有些困惑。

他问：“大家是觉得我做得还不够吗？”

“很够很够。”有人回答他。

“那你们表个态呀，怎么没人说句话？”

“那我说吧。”一个北京口音从人堆里响起来。

“你说，你说。”瘦脸男人欣慰地看着她。

会做饭的北京大姐就站了起来，问出了一句离题万里，对她而言又顺理成章的话：“你把那人怎么了？”

“哪人？”

“以前问过你，就是想带我走的那人。”

怎么又是这件事情。瘦脸男人额头上冒了一层汗，抬手去抹的时候，偷偷打量了一圈身边的人：鹰勾鼻子、娃娃脸、罗锅、略高于一米二的矮小妇女……没人低头，也没人面露惊慌，人们虽然尴尬却还镇静。看来大家保持了那个攻守同盟，也即：绝对不能把要弄死人的事儿透露出去。队伍虽然有些涣散，但在大事儿上还是值得信赖的。这当然和忠诚无关，而是因为事儿太大了，事发的后果谁都承受不起。

于是瘦脸男人略安了安心，反问道："你老问他干吗？"

北京大姐说："我就是想知道。"

"知道这个有什么用？和公司的事业有关系吗？"

"没关系就不能知道吗？他不也是公司的人吗？"

"公司早把他开除了。"

"开除了也得有个下落吧。"

说一句她就顶一句，这可是瘦脸男人和下级打交道时没遇到过的情况。他又抹了把汗，冷笑一声，试图夺回在对话中的权威："说到这儿，我倒要问问你了。他为什么非要带你走？他是你什么人，亲戚吗？"

“不是亲戚。”北京大姐说，“但早就认识。”

“我说呢。”瘦脸男人说，“我一直怀疑他加入我们不是为了干事业，而是另有图谋，现在看来，八成就是想要找你。你给公司引来了这么大个祸害，不应该先反省一下吗？”

北京大姐的声音就低了下去：“没什么可反省的，又不是我让他来的。”

“这我们知道，而且我们都看见了你的表现。”瘦脸男人顺势说，“你立场坚定，大义灭亲，因此公司还是信任你的。既然信任你，你就不能辜负了这份信任。现在是事业发展的关键阶段，我们应该不动摇，不懈怠，不折腾，把全部心思放到工作上来。我们要把没用的东西从脑袋里抛出去，再拿有用的东西填满它——能做到吗？”

这么说着，瘦脸男人还抬起了双手，一手“抛出去”，一手“填进来”，好像人脑果真是一件空空荡荡的容器，可以轻而易举地置换内容。为了强调这一工序的重要性，他又鼓励了两句“你行，一定行，必须行”。北京大姐的两眼便直勾勾地看向了自己的脚尖，这番开导貌似发挥了作用——按照革命老电影的套路，被谈话者还应该突然再把脑袋扬起来，迎着朝霞表态道：“书记，我通了。”然后音乐起。

但现实的情况却是：那女人的头颅伴随着颈关节的咯咯作响晃动了起来，好像一只摇摇欲坠的地球仪；接着，她的脸孔也开始运转了，蹙眉、扇动鼻翼、嘴角的肌肉不易察觉地抽动。她沉默了片刻，又开口：“我的脑袋有点儿乱。”

“这能理解。我们不是正在帮你理清思路吗？”瘦脸男人说。

“不对，我的脑袋是被你绕乱的。我问你人在哪儿，你却总跟我说别的，绕来绕去就不知绕到哪儿去了。你有话直说行不行？那有什么难的，难道你们把他弄死了吗？”

这话有如惊雷，令在场的人耳边轰隆一声。大家一起盯着瘦脸男人，仿佛拭目以待他将如何渡过这场危机。局面也早已不是上级对下级的教导了，而是真话和假话之间的对质。每句话都不只是说给对方听的，同时还是说给头顶之上那片深沉不言的苍天听的。

“那怎么可能。”瘦脸男人舔了舔嘴唇，镇静地说，“我们对他很失望，也很惋惜，因为他和一次腾飞的机会失之交臂……但也没谁会为难他，我们把他放走了。”

“他没事儿？”

“完全没事儿。不光放走了他，我们还把他的东西都还给了他，又给他买了车票……”

众目睽睽之下，瘦脸男人撒谎了。北京大姐却伸出树杈般的瘦胳膊，扒拉开身边的人，朝这个旅馆房间的门外走去。瘦脸男人努了努嘴，立刻有两个靠门坐着的人小步跟了出去，其中就包括向我复述当时场面的鹰勾鼻子。但他们像中了魔怔似的不敢上前阻拦，只是看着北京大姐的背影飘过走廊，来到瘦脸男人专享的一个单间门口。她从兜里摸出一张电话充值卡或者超市优惠卡，插进门缝里再一晃悠，那道形同虚设的弹簧锁便开了。北京大姐进屋，旋即转出来，手里多了一样东西，正是我一直随身携带的帆布包。这东西藏在瘦脸男人屋里，她是怎么发现的？一定是她早就乘人不备，撬开门锁进去翻找过。

这个小老太太表面迷迷瞪瞪的，其实也不傻。

这时瘦脸男人也从里屋追了出来，一边走，一边虚张声势地叫叫嚷嚷。而当他看见那个帆布包时，就猝然闭上了嘴。假如只是告诉北京大姐，“那人”被撵走了或者移交给总公司了，那么这事儿也就不在他身上了，可干吗还要说买车票呢，干吗还要说归还物品呢？装得跟解放军优待战俘似的。鹰勾鼻子评论道，这其实是瘦脸男人一贯的说话风格，添油加醋的时候连自己都搂不住，搂不住就露了破绽，露了破绽就满盘皆输。他又感慨，几千亿美元“总代”都没打过磕巴，一只书包就编不下去了。可见远在天边的谎话和迫在眉睫的谎话不是一回事儿，再说到底，关于钱的谎话和关于人命的谎话不是一回事儿。

北京大姐一手把帆布包拎起来，如拎一颗血淋淋的人头，问他：“你干吗骗人？”

瘦脸男人没搭腔。但北京大姐也没再看他，而是转向了瘦脸男人身后跟出来的那些人，鹰勾鼻子、娃娃脸、罗锅和略高于一米二的矮小女人等。她又问：“他到底在哪儿？”

瘦脸男人还没来得及阻拦，已经有人绷不住了。人堆儿里升起一个微弱的、颤颤巍巍的声音：“还在原来的地方。”

是略高于一米二的矮小女人。说出这句话，她好像从身上卸下了一座山，从此以后又可以长个儿了。她眨巴着眼睛抽泣起来。

然后戴眼镜的娃娃脸说：“锅炉里。”

然后鹰勾鼻子说：“差不多七天了。”

然后罗锅又做了一个可笑的补充：“不过你别担心，锅炉没点火。”

然后，北京大姐一屁股坐在了地上。听到咕咚一响，人们仿佛才意识到这女人也是有重量的。四周寂静，热风无声地流过人群，卷走了皮肉上的汗，又催生了一层新汗。

再然后，北京大姐“咯啦”一声站起来，似乎膝盖都没打弯儿。她把帆布包斜挎在肩上，也不看人，兀自往外走去。

瘦脸男人问：“你要去哪儿？”

北京大姐回答他：“活要见人，死要见尸。”

眼看她就要走到旅馆走廊的尽头了，瘦脸男人这才想起应该采取措施。但他两脚像生了根似的，只是低沉地催促别人："按住她。"

鹰勾鼻子、娃娃脸、罗锅和略高于一米二的矮小女人将功赎罪一般追了上去。他们环绕住北京大姐，刚要按，那女人又问了一句："他可能还活着，对吧？"

人们便又不动了。鹰勾鼻子还告诉我说，当时他感到这女人身上焕发出了一股能量——没错，是能量，无形无迹但又切实存在，在人群之中升腾缭绕，附着在人们的皮肉乃至灵魂之上。不止新成员，就连瘦脸男人所信赖的"冠军团队"也都一个个呆头呆脑，好像被手电筒照住了眼睛的青蛙。他们敬畏地望着她的背影在日光里一晃，从此消失不见。

瘦脸男人这才醒过味儿来，跺脚埋怨，"你们都是死人吗？"

在人们眼里，他已经虚弱得像盏被烛火烧漏了的灯笼。不知是谁幽幽地反问一句："那能咋样呢，再弄死一个？"

随后，人们各自收拾行李，准备上路，至于去哪儿又成了问题。大家心知肚明，北京大姐这一走，原定计划就算泡了汤：我要是没死，肯定报案，我要是死了，她也会报案。总之全都脱不了干系。也多亏瘦脸男人还没忘掉“总代”的职责，他再次出门，退掉了车票，又不知通过什么关系联络上了当地一家运输公司，用突突冒烟的平底小货轮把大家送过了海峡，然后叮嘱众人尽量别乘坐公共交通工具，也别凑在一起，各自先找地方躲过了风头再说。但还没来得及提醒其他“大区”注意隐蔽，“虫虫宝”就已经全军覆没了。至于鹰勾鼻子，他是因为在路上吃错了东西拉肚子，等到养好，身上还虚，坐不了拉货的卡车，只能去火车站买票，结果就被盘问出来了。

至此，我的获救有了解释，但大姨妈的下落仍然不得而知。本着“重拳打击、迅速结案”的精神，“虫虫宝”特大传销团伙的若干主犯被移交公诉机关，剩下的人则分批次遣返回乡，我也只能灰溜溜地回到北京。和多年前一样，这次寻找再次徒劳无功。下飞机的时候，我心想，我真是个废物，这辈子干什么也不会成功了。带着这个自我定性，我的焦虑症发作得越来越频繁了，几乎从例假的频率进入了血崩的频率。无奈之下，我只好再次求助于彭佳亿，请她给我增加药物的剂量。这让彭佳亿感到了危险，她向我再三强调了药物的副作用，但我也管不了那许多了，把眼下的每一天平稳地耗过去才是当务之急。我还威胁她说，如果从她那儿获得不了帮助，我就只好去找别的渠道了，由此沦为吸毒人员也说不定。本着两害相权取其轻的原则，彭佳亿只好就范。

而大姨妈的消息再次传来，就是将近一个月之后了。那天刚上班，办公室门口就有两个警察在等我，他们自我介绍说是管片儿派出所的，然后提出要核实我的身份。我拿出刚补办下来的身份证给他们看了一眼，其中的一个警察便问："你在河南是不是有个亲戚？"

我的心提了起来，"也不算亲戚，不过认识——她在哪儿？她现在怎么样啦？"

警察不紧不慢地向我核对了大姨妈的姓名、年龄，这才说："她参加了传销组织，眼下正在河南的看守所。当地警察想找她的家人，但发现她已经没有直系亲属了。因为她在笔录里提到了你，又说你在北京当记者，这才辗转着联系了过来。当然，你要是不爱掺和她的事儿，我们也不能强迫你，毕竟你们连血缘关系也没有。”

“为什么要‘拘’她，参加传销的人不也都算受害者吗？”

“听说你这个熟人的情况有点儿特殊，具体的我们也不清楚了。”

“那她又是在哪儿被——抓到的，河南还是海南？”

“你知道得怎么那么多，以前也被她骗过吗？”警察反问，但显然又对我和大姨妈的关系不感兴趣，他们只是把一张写有看守所信息的打印纸递了过来，临走才又交代一句，“没人抓她，是她主动向户口所在地公安机关自首的。”

# 11

这次前往河南的旅程就要比当年快得多了。我请好假，次日下午从北京南站出发，刚过晚饭点儿便到达了大姨妈家所在的那个县。走出新近投入使用的高铁站，我着实被震撼了。全玻璃钢结构的车站连接着一望无际的广场，地面全由大理石铺就，像涂了一层油似的波光粼粼。广场中央伫立着一尊和人民英雄纪念碑造型相仿的汉白玉立柱，上面用烫金大字题写着某位领导的殷切号召：用心干，大力干。坐车从高铁站所在的“新区”来到老城，我已经饥肠辘辘，寻摸饭馆，却不见了名为“老×家”的烩面，半个百家姓都被从街上抹去了，取而代之的是“啃得鸡”“上鸟咖啡”之类国际品牌的表兄弟。马路上的垃圾还是满地乱堆，但驴车已经升级换代成了本省自主研发的带篷三蹦子。我胡乱垫巴几口，就近找宾馆住下，夜里被一阵鬼哭狼嚎吵醒，开窗一看，原来楼下紧挨着一家“梦幻巴黎”夜总会。在记忆里，那地方本来应该是个计划生育服务部，专管“上环摘环”的。

另一个显而易见的变化，就是大姨妈以前住过的那个居民区不见了。灰砖小楼的旧址变成了坑洞，仿佛一张黑漆漆的大嘴，可以吃进无穷无尽的土地，再吐出花样百出的簇新建筑。既然整个儿国家都在忙着以旧换新，那么这也没什么可奇怪的。况且这里早已不是大姨妈的家了，自从离了婚，她就再没回来过。

和看守所预约的时间是上午，次日醒来便要赶过去。那地方在地图上并不远，位于城南的高速公路旁，出城之后从第一个匝道下来就是。然而刚一上路就碰到了堵车，一眼望去，收费站附近挤满了“红岩”和“斯太尔”，它们轰隆隆地排队等待过磅，尾部喷出的滚滚黑烟熏得穿行其间的小轿车司机直流眼泪。这种形态的交通堵塞通常发生在鄂尔多斯、大同、神木之类的城市，由此也可以推测本县是怎样兴旺繁荣起来的——无非是地底下挖出了什么宝贝。

走走停停，好容易从高速路上蹭下来，太阳已经挂在正当空了。看守所比我在南方沿海蹲过的“号房”宽敞得多，高耸的水泥墙上写满了震慑性的标语。到传达室说明来意，很快就有一个管教警察出来和我会面。他似乎对我能真赶过来感到惊讶：

“还以为你就是随口一说。”

“你们联系过和她认识的别人吗？”我问。

“都找过，包括她的前夫，不过人家已经又结婚了，还因为拆迁发了笔小财，日子过得正红火，根本不想管她。”警察说，“来的就你一个。”

我给对方敬了颗烟，跟随他穿过高墙里的空地。主楼边上的一排平房就是探监地点了。在路上，我问起大姨妈已经被关押了多久，警察掐了掐手指头，说两个星期差两天。我说这已经接近治安拘留的上限了，对于一个遭受蒙骗的失业妇女，这样的处罚是不是过重了？警察斜了我一眼，让我“先别找碴儿”，又抽着烟说：“处罚从轻还是从重，除了要看涉案过程中造成的社会危害，还取决于一个因素，就是态度。愿意洗心革面的我们当然不会较真儿，可要是冥顽不化，那就是给自己找罪受了。”

“她态度不好吗？态度不好干吗要自首啊？”

“说实在的，我们也觉得她的表现自相矛盾，而且还怀疑她的脑袋有点儿……问题。”警察指了指自己的大檐帽，看起来好像给我敬了个礼，“之所以一定要联系亲属，也是因为不敢轻易把她放出去。怕出事。”

眼瞅着来到平房门口，我便不再多话。警察摘下铁门上的内部电话讲了两句，门禁铿然而开，我的心随之怦怦跳起来。失而复得，复失复得，我终于又能见到大姨妈了。走廊一侧有五六扇紧闭的铁门，警察在其中一扇门前停住脚，掏出钥匙拧开了锁。屋里是一道不锈钢焊成的栅栏，将房间分隔成内外两层，外层有张条凳空着，里层的椅子上现出一个窄小的人形轮廓。大姨妈已经被安排在那里等我了。

我坐到条凳上，隔着栅栏端详她。大姨妈还是那么枯瘦，脸蜡黄，眼睛睁大得把太阳穴都绷紧了。但她好像没看见我似的，眼神空洞地发散，并不聚焦在屋里的任何一个人或者物件上。她不开口，我也不说话。背后的警察咳嗽了一声，也没有打破我们的沉默，他便又转出去抽烟了。

过了好一会儿，大姨妈的瞳孔终于聚拢，如同睁眼睡觉的人恍然醒了，“杨麦，你来啦。”

我说：“大姨妈，您怎么样？”

“挺好。饭管饱，也不派我到采石场筛沙子，还给我分配了一个下铺。”她的口气并不像表情那样迟钝，语速仍然很快，随便说几个词儿就显得话挺“密”。这是北京口音的特点，和我母亲一样，在外地生活了几十年也改不了。但只答了一句，大姨妈就又闭上了嘴，两边嘴角的弧线对称地往下撇去，形成了类似于鱼类的表情，既像有所思，又像无所思。

我问：“您什么时候离开的那里？”

“哪里？”

“海边……开会那里。”

“记不清了。我去了县城，又到文昌，然后回去了一趟，然后再去县城……来回折腾两圈儿，现钱花完了，身份证也留在公司的人手里，我想找他们要，他们却都没影儿了。我住不了店也坐不了车，只能走路往北，路上遇见一家运芒果的人挺好，我帮他们看车，他们把我捎到了湖南娄底，又给了点儿钱让我买车票，就回来了。”

“回来住哪儿？”

“在火车站睡了几天。”

“怎么没回家呀？”

“村里早就没法儿住了，我待在那儿也害怕。”

我听母亲说过，大姨妈离婚的时候，前夫给她买了一套房子。说买也不算买，不过是从一个农村的远房亲戚那儿长租了一块宅基地，又把旧房修葺了一番而已。那地方偏虽然偏了点儿，但住得清静敞亮，因此大姨妈也不觉得吃亏。如今怎么住不下去了？她一句带过，我也没有多想。我想知道的是她本人的经历：

“因为没地儿住，所以您就自首了？”

“那倒不是。如果想找地儿睡觉，我应该去收容所，而不是来看守所。火车站里有电视，我从新闻里听说国家把‘虫虫宝’查封了，到处还在抓参加过的人，越想越怕，就找公安局来了。你是知道我的，一辈子胆儿小，从没干过违法的事儿，突然就成了通缉犯，这里面肯定出了差错，我有责任跟他们解释清楚……”

“解释什么？”

“解释‘虫虫宝’呀。我要告诉他们，这个公司是搞高科技的，生命科学，低碳环保。而且还是外商，是国际资本，县里的领导不是强调招商引资是重中之重吗？既然是一个代表先进生产力的公司，干吗要查封它？更重要的是，‘虫虫宝’来到中国，为的不光是赚钱，而且还要给中国人谋福利。哪怕你穷，哪怕你没关系、没学历，只要你肯干，相信自己‘行’，就一定能够活出真我，活得精彩……”

大姨妈又进入了不经思考就能往外蹦词儿的状态，如同相声演员的“惯口”功夫。可以想见，类似的话她已经对警察絮叨了无数遍。再说句题外话，她手里还有一张十万英镑的“支票”呢，如果留神一下汇率，她会认为自己的资产又增值了，因为近期中国企业海外投资的热情看涨，英镑对人民币的汇率往上跳了几个百分点。然而当我被迫准备再聆听一遍大姨妈的激昂演说时，她却戛然住口，眼神又发散了。斗室里充满了轻微的嗡嗡声，不知是我的耳鸣，还是远处有人正在施工。我也不知道大姨妈不想再讲下去，是对这样的演说感到了厌倦，还是突然意识到了这里不是“虫虫宝”的集会现场。

我却必须得让对话持续下去，“是您救了我，对吧？”

大姨妈点点头，又说：“可要不是因为我，你就不会受那茬儿罪。我没想到他们会那样对你……杨麦，你别恨我，我把你拽回去真是想让你挣钱，挣着钱，你就能在北京活得不那么辛苦了，还能买房子结婚。我去找你妈也是为了让她挣钱，让她别为你妹妹上学的事儿犯愁……我都是为了你们好。”

“我知道您是为我们好。”我古怪而心酸地说，“我不恨您。”

“可我还恨我自己。”大姨妈的脸抽动了一下。

“那事儿翻篇儿了，就别想了。”我又问出了仍存在自己心里的那个疑惑，“然后您去哪儿了——把我从锅炉里放出来以后？”

大姨妈的眼皮往下垂了垂，说：“我没走，我就在你附近。”

“我怎么没看见您？”

“锅炉打开的时候你都快不行了，睁不开眼，跟你说话你倒能答应，但是驴唇不对马嘴。我怕你再昏过去，又想起有个房间里藏着几盒葡萄糖，是公司给营养不良的人预备的，就跑回去拿，可等到再跑回来，却看见你已经爬出来了。你在小区里面乱走，我就跟着你，你到哪儿我就到哪儿，但我跟你保持着距离，你又刚醒，迷迷糊糊的没发现我……直到你上了公路拦车走了，我才离开。”

也就是说，当我结束了七天囚禁，海滨废墟里并非如我所见的空无一人。而这次失之交臂，却是大姨妈有意为之。我不解道：“您干吗不叫我一声？”

大姨妈的嘴巴艰难地抿了抿，像舔了口很苦的药。

“您知道不知道，为了找您我费了多大劲儿吗？”

说着，我伸出手，从铁栅栏之间穿过去，想要摸一摸她的手。大姨妈却往后一缩，挨了烫似的躲开了，“杨麦，我有点儿怕你。”

我鼻子一酸，近乎委屈的情绪又涌了起来。这种情绪刺激得我抓住铁栅栏用力摇晃了两下，哗哗作响的声音把屋外的警察招进来了。他警告我说那东西不结实，再晃就晃掉了，到时候只能连我一起拘起来。等到警察出去，我才抬起手来，比画了一个少年儿童的身高，喉咙哽咽地对大姨妈说：“您见过我这么小的样子——大脑袋，满脸鼻涕，夜里尿床。您还哄过我睡觉，给我做过烩面，面里有鹌鹑蛋、海带丝和卤羊肉。如今我大了，看着也不像个傻球了，您应该为我高兴才对啊。”

大姨妈却说：“就是因为你大了，所以才怕你。”

“您怕我什么？”

大姨妈呈现出既惊惶又卑怯的表情，她的嗓音也变了调：“我怕你跟别人一样看我……说我不正常。我怕你觉得我脑子里装的东西和你不一样。你妈就是这么想的，所以才会拦着不让我和你见面；我过去的男人跟我离婚，也不全是因为我生不出孩子，还因为别人都说我迷瞪了。在过去，我能说得上话的人只有你，因为你是个孩子，我说什么你都不会笑话我。但我知道你也会变成大人，变成大人就不一样了……”

原来她是这么想的。我心里咯噔一响，只觉得有什么陈旧松软的东西垮塌了下去，又有什么脆弱娇嫩的东西绽放了出来。我又想起了很久以前的事，便问她：

“所以我上中学的时候，您给我写过信，却又突然不写了？”

“我还想去找你，可我不敢。我以为你已经忘了我。”

大姨妈的眸子渐渐亮了，却越亮越模糊，因为它们正在变得湿润。这次轮到我把眼神逃向别处了。被栅栏隔离的里屋也有一道门，门上有窗，窗外有几个剃光头穿橙色马甲的犯人正抬着大铁盆经过。不知从哪儿飘来了饭味儿，看守所食堂中午做的是熬白菜。虽然貌似走神，但我感到大姨妈的目光聚焦在了我脸上。此刻她直勾勾地盯着我。

我重新与她对视：“大姨妈，我从来没有忘记您。我以前也来找过您，就在我考上大学那年。但邻居说您离婚了，搬走了。后来这些年都在穷忙，把找您的事儿耽误了，把自个儿也给耽误了，幸亏听我妈说起您在海南，我就赶过去了。”

大姨妈抬手抹了抹眼睛：“你这么说让我真高兴……杨麦，我以前没白疼你。”

我接着说：“我也没觉得您跟我有什么不一样的。

您跟任何人都没有不一样。大家都是人，一个鼻子俩眼，不喘气儿都得憋死。谁比谁强多少谁又比谁傻多少——谁他妈配看不起谁啊。再说了，这世上的人没几个脑瓜子全正常的，有毛病的才是大多数。不瞒您说，我就有焦虑症，还吃着药呢。我还见过出了更大问题的人，人家不也都活着呢吗，有些还活成了人上人。不正常就是正常，太正常了反而不正常……而且什么样才算正常啊，标准是谁制定的？人又不是家用电器，有说明书吗？”

我的话让大姨妈愕然：“你真是这么想的？”

“以前也不这么想，现在算是看明白了。”我又把手伸过了栅栏，这一次终于握住了大姨妈那双冰凉的手；我把她的手握拢，来回搓着，确认道，“您不该觉得自己是个奇怪的人，更不该觉得自己低人一等……大姨妈。”

这时，我便看到大姨妈眼中那层模糊的光泽越发亮了，而且越涨越高。泪珠从她一眨不眨的眼中涌了出来，一滴接着一滴滑过脸颊，跑在前面的淹没在层层叠叠的皱纹之中，后面的随即填满，又凝结成新的泪珠继续坠落。多年以前，我的脸上曾经流淌着我与大姨妈共同的泪水，那个场面似乎就在昨天。此时此刻，大姨妈的泪水又一次把我浸润了，让我心肝儿发颤却又温暖无比。

我接着问："您到现在还相信'虫虫宝'吗……您说真的。"

大姨妈这次的回答是："我也不知道。"

她的声音很低，嘴唇颤抖，几乎是在嗫嚅。但她的话在我听来却有如石破天惊。我问："您是说，您都不知道自己信不信？"

"不知道……我真不知道。不光是'虫虫宝'，还有以前练气功的师父，我一直不知道他们那些人的话到底是真的还是假的。可再多想一层，真的假的好像又都并不重要，不能妨碍我让自己去相信他们……我不知道你听懂了没有，但我脑子里的确就是这么转弯儿的。"大姨妈的五官又开始运动了，眉头拧成了一团，脸上的皱纹古怪地扭曲，好像不如此就无法把她那些互相抵触的意思表述清楚，"每当听到那种特别有劲儿的话，尤其当他们说是为了我好，为了我身边的人好，为了所有人好，我就特别激动。我觉得只要信了他们，就能摆脱世上的一切苦——生不出孩子、被男人揍、觉得自己没用……他们那些人对我说，信了吧，信了吧，这其实并不足以说服我，但我脑子里有一个声音也在说，信了吧，信了吧，信了就能越过越好。一到这时候，我就顶不住了，只想着把自己抛出去算了。可我没想到会是这种结果，杨麦，我给你还有你妈添麻烦了，我对不起你们……”

她的声音由小变大，又由大变小，最终消失不见。我瞠目结舌，似乎懂了她的意思，似乎又没懂。我唯一能确定的，是大姨妈正在向我破译她的思维密码，由此可以解释“她为什么会是她”。而吐露心迹又是如此痛苦，大姨妈突然仰起头来，发出了一声哀号。那声音悠长而又嘶哑，不像是从嗓子里发出来的，却像是五脏六腑的共鸣。与此同时，大姨妈全身哆嗦了起来，脊梁紧贴着椅背向下滑去。她咕咚跪在了地上，两手抓住铁栅栏，只探出半张泪水纵横的脸。而她居然还能言语：

“说到底还是赖我，但我也没办法。杨麦，你不知道这种感觉，我的脑子是满的，但心是空的，我必须得相信什么东西才能把心填满。你说人跟人都一样，但为什么别人可以什么都不信，我却不能？我觉得心一空就会疼，就会孤单和害怕，我好像一分一秒也活不下去了，好像所有的日子全都白活了，好像自己压根儿就不配活着……我就想，信什么都无所谓了，关键是先找个东西信了，别让心一直空着……”

这么说着，大姨妈又把两手蜷在胸前，勾成爪状往外撕扯，仿佛真要把躯壳扒开，让我看看她血淋淋的心。但看无可看，因为她想证明的是心里的空，是什么都没有。她念念叨叨，同义反复，到最后就只剩了一句话：

“我是真想相信什么。真想相信，真想相信，真想相信。”

那一瞬间，我看到了一个从未见过的大姨妈。她既不隐忍也不迷狂，既不温情脉脉也不神魂颠倒，但她的隐忍、迷狂、温情脉脉和神魂颠倒却又杂糅在了一起，形成了一种无比纯粹的感情——那就是悲伤。跪在我面前放声痛哭的，是一个悲伤得无以复加的女人。

警察又被屋里的响声惊动了，他叼着不知第几颗烟进来扫了一眼，见怪不怪地评价道：“知道后悔就行，幸亏后悔还来得及。”

然后拍拍肩膀示意我离开，让大姨妈“冷静冷静”。我像个牵线木偶似的被带出探视区，直到置身屋外，才被阳光晃得一激灵。警察开始交代后续事项：因为恰好赶上了周五，所以再想见到大姨妈就得等下礼拜一了；届时，警方也将拿出对大姨妈的最终处理意见，到底是继续羁押还是当场释放，仍要根据她的“认罪态度”而定。

我问：“你们说的态度到底要怎么证明，写一份触及灵魂的检查吗？”

警察回答我：“现在都讲法制了，灵魂的事儿我们管不着。但总得有一份保证书什么的吧，她必须承诺以后不参加类似的活动，包括传销、游行、聚众集会，最主要的是不能越级上访……这也是最近刚传达下来的精神，对于重点监控人员，我们都得特殊关照。”

我不免反诘，一个传销的事儿，怎么又扯上了游行、集会和上访，他们的联想能力也太丰富了。警察摆出一副权力机关遭受挑衅之后特有的面孔，先问我“你们搞媒体的人是不是都这么自以为是”，又重申“上面的规定”是不容商量的，他们必须拿到大姨妈的保证书，审查合格再存档结案，才能让我领走她。

于是，我立刻换上了求人办事儿的笑脸，又给警察递了颗烟，然后从书包里拿出一个牛皮纸袋，请他转交给大姨妈。那里面装的是一沓复印材料，内容包括公安机关对“虫虫宝”的定性文件、媒体对此案的新闻报道，以及若干涉案人员幡然悔悟后写下的供认状。除此之外，我在以前撰写那些声讨奇门异术的文章时，还曾经查阅到了一个网络论坛上的帖子，这次也专门把它打印下来，带了过来。那帖子讲的是曾经在国内呼风唤雨、红极一时的“大师”们如今的现状，其中就包括大姨妈带我去瞻仰膜拜过的那位“师父”。上世纪九十年代，当气功热的最后一波浪潮退去，这人立刻销声匿迹，不知所踪，直到十几年后才在洛杉矶的郊外重新露面。当时他正戴着草帽，给自家别墅门前的一片菜地沤肥。一畦春韭熟，十里稻花香，如果不是那股既新鲜又天然的粪味儿在美国中产阶级住宅区里犯了众怒，也许不会有人发现这位芳邻原来是个退役的中国神仙。照片上的师父已经胖得走了形，乍看好像一个即将被吹爆的气球，但他鼻头上那个标志性的黑色肉瘤却还是那么醒目，使得一位曾经到访过中国，还采访过严新和张宏堡的美联社老记者准确地记起了他。被问及那段万众瞩目的光辉岁月，师父坦言自己“已经恢复了一颗平常心”，不再考虑救苦救难的伟大事业了，“再说中国政府在这方面做得很好，他们要是允许我回国探亲那就更好了”。而他目前关注的，主要都是一些切实的具体问题，比如“少数族裔在美国受到歧视”的社会现象，他质问道，为什么他的白人邻居能在屋外修汽车，他却不能在自家草坪上享受桑麻之乐，“美国难道不是一个自由的国度吗？我门前那块土地难道不是神圣不可侵犯的私有财产吗？我想种什么就种什么。”当美国记者又把话题扯回到当年的往事，并居心叵测地请他“就中国人的信仰自由发表看法”时，师父陡然恼怒了起来，他的表态和我国外交部对于某些热点问题做出的声明异曲同工：“请美方不要总是热衷于横加指责别人，对自己却毫无反省。据我所知，你们这里乱七八糟的‘导师’‘教主’也不少，警察该抓也抓。要说都是骗人的话，我也就是赚口饭吃，你们还集体吸毒呢，还集体自杀呢，那才是令人发指的犯罪……”

说老实话，看到这段访谈的时候，我的心情并不愤怒，也没有感到可笑，我反而陷入了某种怀旧的温馨之中。那感觉就像在广播里听到了一首老歌，或者谁家孩子咿咿呀呀地讲起了自己小时候也看过的童话。能够和我分享那首老歌、那段童话的，当然是大姨妈。而考虑到大姨妈眼下的情绪，把这些东西交给她，这让我觉得自己有些冷酷，但我能够为她做的也只有这些了。我是“为她好”。戈培尔博士教导我们，谎言重复千遍就会成为真理，同样的道理，真相也需要重复千遍才能战胜谎言。

警察按照规定检查了材料内容，随即明白了我的用意，神色也缓和了下来。对于我“把普法工作做在了政府前面”，他表示赞许；又承诺这两天会随时和我通电话，告知我大姨妈的“思想状况”。我顺势向他打听大姨妈目前的住址。我盘算着，周末两天无事可做，不妨过去看看——如果光是房子残破了，我可以雇人修一修，如果那地方的确不适合居住，就得再想办法了。

警察却支吾了起来，还问我：“干吗非去那儿？”

“我得为她今后的日子做打算。”

警察又搪塞，“我也不知道她住哪儿。”

我再次露出了尖刻的嘴脸，“那就是你们失职，抓了人都不登记地址吗？”

“恁俩咋一个比一个‘死劲’。”警察被逼急了，迸了句河南话，随后说了个地址，却又补充一句，“去时别说你是报社的，这也是为你好。”

他的口风更加让我生疑，觉得不去一趟简直说不过去了。离开看守所的路上又是大堵车，出城的卡车全是满的，车斗里驮着一座裹着沥青毡布的小山；进城的卡车则空空如也，预示着还有无数座山等待它们去移。在路上，我问出租司机愿不愿意再跑一趟大姨妈住过的那个村子，对方坚定地摇头予以否决，“我们从来不去那边。”

回到县城进了宾馆，我把从门缝里塞进来的彩色小卡片捡起来，从若干“风骚美少妇”和“纯情学生妹”之中挑出了一张“长期包车，上门接客”，按照上面的电话打了过去。开黑车的一口答应，车费低得让人不好意思砍价。我当然知道葫芦里卖的是什么药，便让他周六一早来接我，然后预备了几张现钱放在兜里，又把钱包揣进了帆布书包的夹层。

## 12

次日早上，那辆缺了两扇窗户的“昌河”小面包如约而至，拉上我朝与看守所方向相反的一条乡村公路奔去。刚一出城，司机就开始漫天要价，一会儿要加下乡费，一会儿又要加回程费，路面被大卡车碾压得坑坑洼洼，自然还免不了一笔磨损费。我靠在后座上满脸兜风，也不理他，司机就急了，扯开衬衫露出两条皮皮虾：

“我可是十年大牢刚放出来的。”

我把兜里的现钱递给他，“就这么多了，要不我就滚下去，钱也不给你了。”

司机点了点数目，反而不好意思了，“兄弟，你倒是个实在人。”

人的聒噪就此平息，一路上只剩了车的聒噪。路况越来越差，有些地方必须得开到田埂上小心翼翼地绕行；路边的田里种着玉米，杂草倒比庄稼茂盛，偶尔蹿出两条瘦狗对着车乱吠。抬眼前望，公路蜿蜒着钻到两座山之间去。平原地区的山势都不陡峭，形态丰满圆润，让人想起一对乳房。司机伸手对着其中的一只凌空一抓，告诉我："快到了。"

然而快要接近山脚，他突然又狠踩一脚刹车，"只能送你到这儿，真过不去了。"

百米开外的道路中央，横着一道铁栏杆。这是一个临时设立的哨卡，看起来倒像通向乳房必经的胸罩搭扣。几个胖瘦不一的男人散落在栏杆周围，有的抽烟，有的遛弯儿，一副无所事事的样子。类似的割据势力也很常见，基本上都是靠路吃路的创收政策。我明白了司机在害怕什么，便请他在路边等我，自己下车往那路障走去。

男人们手搭凉棚，远远见我过来，一发跳将起来，纷纷从兜里掏出一副墨镜戴上。难道这样一来，他们就会显得更时尚也更有合法性，从而和传统意义上的车匪路霸划清界限吗？我倒很希望他们能够朗诵两句"此山是我开”“留下买路钱”什么的，那样还可以使通关程序变得简化一些。我在几副塑料墨镜面前站定，问他们前面可有个村子。墨镜们冷着脸，根本懒得理我。路边的一块水泥界碑却替他们做了回答：前行五里就是。这个哨卡设立得太超前了，俨然是想御敌于国门之外。

我便又问：“人过多少钱，车过多少钱？”

一个腰宽背阔的胖子嗤笑一声，“我们可不是见钱眼开的人。”

“那你们在这儿干吗呢？学雷锋吗？”

“我们得问清你是哪里来的，做啥工作，还有到前面找啥人、干啥去。”

如此细心而且恪尽职守，在这个行当里还真不多见。我想起看守所警察的忠告，便随口扯谎说自己是省城来的，要到村里看亲戚，“这总行了吧？”

“这当然不行。”胖墨镜板起脸来，“来的都说看亲戚，哪有这么多亲戚？看亲戚的一律不让进。”

“那要怎么才能过去？”

“村里人我们都认识，外人要有县上和矿上的批文才行。”

“这是什么道理？我可报警了啊。”

“报你的，又不是没人报过。”

而我一抗议，旁边一个瘦墨镜倒先泼烦起来。他的肝火比胖墨镜旺盛很多，苍啷啷从路边的田埂里捡出两样兵器，一样是橡胶警棍，一样是钢化玻璃盾牌。装备得还挺专业。瘦墨镜对胖墨镜建议：“甭废话了，一看就是来捣乱的，揍他个孬孙。”

“人家空着手，你好意思用家伙吗？”胖墨镜不屑地对瘦墨镜撇撇嘴，忽然一把揪住我的脖领子，一只拳头虎虎生风地举了起来。毫不夸张，那真是一只砂钵大的拳头，食指和中指上还戴着两枚鸽子蛋般的银戒指，一个上面写着“福”，一个上面写着“发”。我吓得赶紧闭眼，只等着脑门上被印上两个吉祥字儿，但胖墨镜的虎拳并未落下，而是临时变招，改为伸出巴掌，在我脸上轻轻拍了两下。

“看你也不是个硬货，揍人累，挨揍更累，咱就都别受累了吧。”他笑嘻嘻地征求我的意见，又把脸一驴，“滚球。”

我便依言滚球，往回走时连腿都是软的。上了车，司机立刻打着火，在窄小的公路上腾挪掉头，一溜烟将两个乳房甩在身后。这条号称“十年大牢”的好汉还不如我，捋着胸口的皮皮虾，气儿都喘不匀了，“跟这帮人没法讲理。上次我来，把车都砸了。”

我责怪他，“你也不早点告诉我过不去。”

他说：“我也就是挣个跑腿钱，你要不来，这钱也挣不着。”

我又问：“那岗设了多久了？”

“总有两三个月了吧。”

“不让人过，防着谁呢？”

“那谁知道。山后面开矿，要防的人多了。”

我不再多问，把头探出空荡荡的车窗框，看到墨镜男人们消失在道路的拐弯后面，这才又说：“停车。”

车还没停稳，我就开门跳了下去，对司机挥了挥手，随后一头扎进了路边的玉米地。正是临近抽穗的时节，虽然疏于耕作，但玉米秆已经长到了一人多高，枝叶也很繁茂，穿行其间应该不会被人发现。从田里迂回过去，正好可以绕过前方的路障。我只希望那些家伙不要层层设防，如果田地的尽头还有人把守，这顿打可就躲不过去了。

满眼是绿，走起来也不吃力，在某个时期的乡土文学里，这种环境天然是野合的好战场。然而别说人了，一路上连狗都不露面，仿佛那些茁壮的玉米终将烂在田里似的。越往深处钻，我的心里就越蹊跷，同时感慨于和大姨妈有关的旅程总是一个冒险接着另一个冒险。这么想着，眼前一亮，如同大幕拉开，两座乳房般的山峦从青纱帐里跳脱了出来。我下意识地猫着腰，回头望了一眼公路，方才的岗哨已经变成了小黑点。不知不觉竟走了这么远。

很幸运，前方没有地方武装。再往下走，连路也分了岔：一条仍是千疮百孔的柏油路，通向左乳，一条是板结的土路，绕向右乳。那么所谓的“矿上”和村子各在哪里，也就很清楚了。我沿着土路往右去，环山半周，走得满头大汗，终于看见了房屋。红墙黑瓦依山铺展，大部分房子都带小院儿，院墙上刷着各种政策的宣传标语。即使在人口密集的中原地区，这也算是个不小的村子。村里却一团寂静，几乎和海边鬼城有的一比，甚至更加让人心悸，因为这里偏偏又是有人迹的——不是活人，却是死人。路边房子的大门两侧，有一多半挂着白对联，按照农村的习俗，这些人家无疑是正在办丧事或者刚办完丧事。有些对联比较隆重，用毛笔写在宣纸上，还有些就要草率得多，干脆扯了两条挂历反着贴，字也是拿炭木涂上去的。至于词句，无非是“泪雨”对“悲声”，“人间”对“天宫”，“独木桥”对“同林鸟”，此外多有“忠骨”对“英魂”，“栋梁”对“楷模”之类的美誉，仿佛古往今来的名臣良将在这村里集体阵亡了一遍。而不管用什么标准衡量，这里的人口死亡率也都太高了点儿。

我这才明白了大姨妈为什么有家不回。一个地方要是每家每户都在死人，死到了写挽联的民间书法家都忙不过来的地步，那么谁敢住在这里才怪。至于死人的原因，稍微有点儿常识的人就能猜到：地底下的任何宝贝都不是白来的，就像中东挖出了石油就引得美国飞机去扔炸弹，非洲挖出了钻石就有无数黑人兄弟活活累死在河床里，大姨妈这个县里的大广场、大工地和大卡车则建立在密密麻麻的白对联之上。虽然乳房一样的山峦表面还是绿油油的，田里的玉米还在生机勃勃地越长越高，但天知道有什么化学元素从“矿上”流了出来，又润物细无声地融进了水里、土壤里。路上那些墨镜男人的任务是封锁消息，可别说是吃这里的饭喝这里的水了，他们就连在村口站岗也不敢。

至于大姨妈的房子，现在看不看都无所谓了。我躲到路边，贴着墙根往村外走去，那感觉既像怕被人抓住，又像怕被鬼抓住。但怕什么偏偏来什么，经过一个小院墙外，门突然开了，一个圆滚滚的黑影差点儿和我撞了个满怀。我“嗷”了一声，随即看清那是个老头子。他长了个大而扁的脑袋，摞在厚而宽的躯干上，中间没脖子，如同一个咸菜坛子压着另一个咸菜坛子。脸色蜡黄，脑门无光。老头儿倒很镇定，举止也文气，他拽拽衣角，摆出一副见客的仪态道：“来了？”

我一愣，随口应了一句：“来了。”

“咋就你一个人来？”老头儿又往我身后看。

“我应该几个人来……”我问，“您把我认成谁了？”

“你没送传福音的来？”

“那固然没有……”

“你是来干什么的？”

这老头儿的脸上有一团纯净之气，让人说假话怪没意思的，于是我告诉他：“有个亲戚在这儿住过。”

老头儿又问：“是不是一个女的，从县上搬来，说的却是北京话？”

“您怎么知道我说的是她？”

“你不也说北京话嘛。她运气好，开矿以前就不住这儿了。”

老头儿淡淡一笑，居然有几分烂漫，抬手指指街对面的两间瓦房，说那就是大姨妈以前的家。房子也带小院儿，门朝东南敞着，眼下自然荒废了，但看得出来曾经收拾得挺精致，摆设也和寻常农民家里不同。院儿中央种一棵枣树，树下一副石头桌椅；屋角蹲着一个半人高的釉面矮缸，估计是养鱼用的。母亲对我提起过的北京旧宅，被大姨妈在这里粗略地复制了出来。我把目光收回，又停留在老头儿抬起的手上。那手上疙疙瘩瘩地鼓了许多大包，却不是老茧，而是从骨头节里凸出来的，挤得手掌都变形了，如同没上漆的根雕。

艳阳之下，我头皮一麻。老头儿飞快地把手藏到身后，后退两步，脸上的笑容更加烂漫了。我恍了一下神，这才意识到他并不是在对我笑，而是近处又多了两个人。其中一个是位妇女，两个肩膀一高一低，因而背上的一只木筐也是斜的，筐里的一捆青菜几乎要滑出来。她身后站着个男人，比我还要高出一头，足有一米九多，但极瘦，肩膀如同刀砍斧凿。这么一具躯体站在身边，让人觉得那并不是一个人，而是一副门板。男人仰着头，半张脸都被巨大的墨镜遮住了，这副打扮让我更是一惊，还以为公路上那几位胖墨镜、瘦墨镜的同伙巡逻进村了。可再一低头，却见他手里握着的不是橡胶警棍，而是一只细竹竿。

原来是个盲人，被牵着进来的。

又原来，这个盲人就是传福音的。老头儿问："来了？"

盲人说："来了。"

妇女身子一斜，让木筐从她比较低的那一侧肩膀滑了下来。老头儿接过筐，转身从自家门框里摘下一条肉，放了进去。这时妇女又将竹竿递到他手里，两手交接之际，我看到她的手也是疙疙瘩瘩的，骨头扭曲得比老头儿更厉害。

老头儿牵着高大的盲人，缓缓往院儿里走去。妇女对盲人说："我就送到这儿了。"

盲人点头，又对老头儿说："下一站就去龙王村吧。"

老头儿说："再从龙王村回镇上？"

盲人说："是。"

老头儿说："那我跟到底吧。龙王村的老张腿坏了，怕带不了你。"

盲人说："好。"

这盲人的嗓音空旷沙哑，从胸腔深处嗡鸣上来，听来如同中空的铁器相撞，长久萦绕在人耳中。他跟着老头儿进了院门，那个妇女也沿着我来时的路走了，这时我才意识到自己没有了再待下去的必要。但不知为何，我竟又迈不动脚，突然很想听他说话。于是我跟了过去，探头探脑地往门里看。

老头儿发现了我，回头害羞似的说："你见谅，屋里有病人，不愿见生人。"

听到他的话，我已经不自觉地往院儿里扫了一眼。

正房的床上蜷了一个人，是个灰白头发的老太太，她的腰折叠成九十度角，身体像一个数字“7”一样贴在褥子上。手脚已经缩成了被榔头狠狠砸过的鸡爪子的形状，又像昆虫的钩足一样挂在躯干上。这大概就是村里那些已死之人临终前的模样了吧。我赶忙退出来，但仍像被一股磁力吸在了墙外。

老头儿的声音传出来：“传福音的来了，有说的就说吧。”

老太太便说起来，说她走不了道儿了，还说她浑身骨头节疼，一闭眼就头晕，觉得要被床给甩出去了。她刚才也许一直咬着牙，这时一张口，哼哼声也涌了出来，因此一半是说话，一半是哀鸣。盲人也不插话，就那么静静地听着，等老太太告一段落了，这才说一句：

“主都看见了。”

老太太又接着说，说当初征地补偿的那点儿钱还不够看病的，又说村里人能跑的都跑光了，跑不了的不病死也得饿死。仍然是一半说话，一半哀鸣。盲人再等她说完，又答一句：

“主都有安排。”

老太太估计是疼狠了，尖锐地咳嗽一声，她恼怒地问那盲人，主是不是安排错了？她这么大年纪倒不怕死，可信主的不都是善人吗，善人凭什么要承受恶报，这个理儿让人想不通。对于这个问题，盲人的回答是：

“可我们也不能不信主，对吧？”

又说：“你不抛弃主，主就不会抛弃你。”

说完就念起了福音。那些话无疑都是《圣经》上的，古朴而拗口，用一嘴河南话念出来就更显得怪异。我暗自惊诧，心想盲人又不能看字，他是怎么把大段经文背诵下来的呢？更加令人惊诧的事情则是：仅从字面的意思判断，盲人对老太太的答复不仅缺乏安慰效果，而且不能令人信服，那几乎是随便一个业余牧师面对诘问时都会脱口而出的套话；然而随着朗诵经文的声音响起，老太太不仅不做反驳，就连难以抑制的哼哼声竟然都停止了。屋里沉静安详，仿佛那些苦楚全消散了。

我也不自觉地靠在墙上，后脑如同枕着大地，身边一派静谧，风声、人声、鸟声却又清晰入耳。心神一荡，忘了时间，无须闭眼，所见皆空。等到察觉日光一斜，太阳已经偏西。记得我是晌午时分进到村里来的，现在都快下午五点钟了。

屋里的人声还响着，低沉而舒缓，如同在远方敲着一口破钟。终于，传道结束了，院门吱呀一响，老头儿先走了出来。他见我还在，又是淡淡一笑，弯腰背起木筐，用竹棍把那高大的盲人引了出来。我特地看了看盲人的脸，墨镜下面的皮肉也像门板一样干瘦而棱角分明，再看他身上，除了一根竹棍全无他物，口袋里既没有《圣经》，胸前也没有佩戴十字架。当然，对于一个盲人而言，那些东西也是可有可无的。冷风吹过，我的心头却是一暖，本想跟他说两句话，却又无法开口，只能呆呆地看着他们离去。

老头儿引着盲人走上了一条穿山小径，估摸着从那里去“龙王村”要近一些。他们依靠一根竹棍协调步伐，在杂草和荆棘中越升越高，飘然不见。我原路返回，走了段土路又钻进玉米地，天擦黑了才重新踏上了柏油路面。在旷野上极目四望，外界一切照旧，并未换了人间。但这更加证明我度过了一段匪夷所思的时光，我甚至怀疑自己在玉米地里睡着了，做了古人所说的南柯一梦。

## 13

辗转回到县城，我要做的第一件事就是吃药。自打从彭佳亿那儿拿到了处方，这件事已经变成了一个习惯，而我也为此饱尝恶果：一旦忘记，当天晚上必定失眠，次日的“症状”还会加剧。吃药会造成依赖性，进而加剧我的脑损伤，不吃药则有精神直接崩溃的危险。而刚拧开药瓶，电话突然响了起来，是看守所的警察，“向你通报一下，嫌疑人已经答应写保证书了。”

他把大姨妈称为“嫌疑人”，这让我很不满，但这毕竟是个好消息。我问：“她情绪怎么样？”

“当然不怎么样，一个劲儿地抹眼泪。”警察说，“不过你能过来对她触动很大，你留下的那些材料她也全看了。说实在的，话是一样的话，但还得分谁来说。我们也没少教育她，完全油盐不进，你一说就通了。”

我没接话，发了会儿呆。

警察又问我：“对了，你去她那个村儿了吗？”

我的嘴唇黏滞了一下，“没去。”

“其实真没必要去，那地方和她的案子无关。你也不想再横生什么枝节吧？”

“你放心，大家都是明白人。”

周一早上到了，天才蒙蒙亮我就出去拦车。好容易等到出租车出来拉活儿，又在高速路上遇到了堵车，到达看守所时依旧是中午了。一回生二回熟，我填好登记表，心平气和地等在门口。片刻警察出来了，脸上却是一团怒容，我给他递烟他也不接，劈头就是一句：“你那个亲戚怎么回事儿？”

我眨眨眼，“什么怎么回事儿？”

“不带这么耍人的。答应得准准的，今天早上突然变卦了。”

我又眨眨眼，“不会吧？”

“我骗你干吗？”警察急赤白脸地吼叫，“上面的释放手续都开始办了，保证书也写得差不离了，只要签个字，我们也轻松了，她也自由了。可她就是不签，还把纸都扯碎塞到嘴里嚼了。她当这是地下党销毁材料呢，那我们又成什么了，日本特务吗？”

我再眨眨眼，眼皮子都干了，“她说什么了吗？”

“石打身子不开口。”

“有什么事儿刺激她了吗？”

“我就不该让她见那个女人……”

“哪个女人？”

“管犯人叫大姐，可也不是亲戚。今天一清早到的，说她刚知道犯人关在我们这里，连夜坐火车从南京来的，非要探视。探就探吧，谁想说了几句话就是这个结果。”

我明白了，但也更惶然了，央求警察，“你先让我见见我姨？”

“不可能。对她怎么处理还得领导拿主意，但探视资格肯定取消了。”

“来看她的那个女人呢，去哪儿了？”

“犯人都那样了，我们哪有工夫管她。”警察瞥了眼传达室窗口的一沓登记表，“不过她留了手机号码……你们认识吗？”

“算认识吧。”

“熟吗？”

“算熟吧。”

“熟你们也不事先通个气儿？”

“给政府添麻烦了。”

警察哼了一声，从登记表里翻出一张给我。我把号码输入手机，走出传达室，给母亲打了电话。印象里母亲就没用过手机，她可能是临出门才向我那同母异父的妹妹借了一部。果然，电话里传来了朋克风格的彩铃，一个外国男子声称要“fuck”一切。然后我母亲接听了，文雅地对我说“您好”。

我说我不好，又问她在哪儿。

母亲听出是我，回答：“你也来了吧？我刚在旅馆住下，离看守所不远。”

她的声音说不上亲热，但也没摆出拒我于千里之外的架势，可见上次给她打的电话还在生效。但我已经压抑不住恼怒了，“您等着我，哪儿也别去，我有事儿要问您。”

母亲也来气儿了，“你什么意思，干吗用这种口气跟我说话？”

“我还想问您什么意思呢，您跑到这儿来裹什么乱呀？”

“你能来我就不能来吗？你认识她多少年，我认识她多少年了？再说她还骗过我钱呢。”

幸亏我及时把电话挂了，这才没有当街大吵起来。但我知道，和母亲翻脸已经在所难免，等到见了面，我一定会继续诘问她，而母亲势必不会服软儿，于是我们就会刺刀见红、捶胸顿足，从而让我们的关系又陷入到见面如仇人的怪圈里去。这个结局板上钉钉，几乎是我和母亲的宿命，我也只有接受它、实践它，就像履行一个可耻的责任。我怏怏地往高速路走去，收费站就在前面了，大卡车还在排队集结，缓缓挪动。路旁斜穿出一条小街，说街也不是街，不过是几间平房和两三个简易铁棚扎堆儿凑在一起，其中一扇木门上挂着旅社的招牌。

刚到街口，电话响了，是看守所的警察。他咳嗽一声：“有人要跟你说话。”又说，“我也算对你们仁至义尽了啊。”

电话换了个手，大姨妈的声音传了出来：“杨麦。”

我半张嘴，一口气悬着，呼不出来也吸不进去，半晌才说：“大姨妈。”

大姨妈的声音倒很平静：“让你白费心了，你别怨我。”

我说：“我没怨您，但事情怎么变成这样了……我是来接您的。”

大姨妈嗓子一哽：“他们让我写保证书，说写了就能出去，我答应了。其实也不是为了出去，我都这把岁数了，没钱没家，连个能住的地儿都没了，对我来说里面外面都一样。我先前住的那个村儿里，就有老人和残疾人没人照看，一到年底下就到县里去静坐，其实也没什么可申诉的，图的就是有地儿过年。看守所给包饺子，还组织联欢。我本来也等着吃饺子了，万没想到你能来。我知道你什么也不为，就为对我尽份儿心，所以我得听你的话，把日子过下去，这才不算辜负了你……”

这就是大姨妈答应写保证书的原因了。我问：“那您怎么又不想出来了，因为见着我妈了吗？”

“对。”

“她责怪您了吗，她逼您还钱了吗？这个不用担心，有我呢，我穷归穷……”

大姨妈打断我，“你妈不是那样的人。”

“那她跟您说什么了？”

“她说要带我走，让我出去以后跟她过。”

“她说了这话？”

“当面说的，我听真真儿。她说你肯定也想带我走，但你也不容易，顾自己还顾不过来呢，三十多的人了连婚也没结……还说我们老的对不起你们小的，过去的事儿补偿不了，以后也别拖累你。但是杨麦，我也只告诉你一个人，就因为你妈有这句话，所以我才不能跟她走，也就不能出去了。”

我心口一痛，如同被谁当胸捶了一拳。母亲想拉上大姨妈为我做的，恰恰是大姨妈想为母亲做的，那就是：用情断义绝来证明有情有义。但大姨妈为什么不愿与母亲一起生活呢？是因为愧疚，还是因为经了这么多年这么多事儿，姐儿俩生分了？我总觉得大姨妈和母亲之间还藏着什么事儿。风停了，有小摊贩掀开一口铝锅，释放出一股浓郁的猪肘子味儿。街角的两只土狗不为所动，互相闻着裤裆扑朔迷离傍地而走。

“你们何苦呢。”我说。

“你也何苦呢。”大姨妈笑了，“杨麦，你回去吧，让你妈也回去。都甭为我费心了，我心领了。我觉得我应该待在里面，这儿挺好，能让我脑子静一静。你要是还想着我，那不如对你妈好点儿，别再跟她较劲儿了。看着你们这样我心里不舒服。”

我嗯了一声。

大姨妈又说：“我对不起你们母子俩……尤其对不起你妈。帮我给她带个话儿，就说我心里都记着呢，从没敢忘。”

我又嗯。电话磕碰了一声，转移到警察手里。我问他们到底要怎么处理大姨妈，警察说现在所里也决定不了，看“上面”的意思吧，说完挂了电话。直到手机屏幕的亮光熄灭了，我才把它揣回兜里，继续走向那个小旅馆。进门就看见柜台下摆了几张长凳，前来探监的犯人家属会聚一堂。我听了两耳朵，光知道家家有人判刑，却不知为什么判。唯有一个描眉画眼的小媳妇，毫不避讳地声称自己男人破坏了军婚。旁边人问："那你怎么不跟他离？"

"做人哪，得将心比心。"小媳妇啐了口瓜子皮，"我不也没闲着嘛。"

人人阴着脸，她却挺欢乐。我经过时，她也站起来，在我头里扭到柜台后面去，推开一扇门问："婶儿，我那状子写了没？"

屋里露出一个背影，正是我母亲。她坐在小马扎上，手持签字笔，把一张硕大的牛皮纸铺在床上写字。清朗遒劲，瘦硬通神，用的还是常年临摹的宋徽宗的笔体。文字也简洁明畅，说的是小媳妇儿她男人搞破鞋在前，破鞋成了军属在后，虽然成了军属就不该再搞，但为"历史遗留问题"给判了，实在有点儿冤枉。再看母亲身边，已经摞了三四张类似的状子，有一些的案情就要惨烈得多，用了很多"为民做主""草菅人命"之类的狠词儿。这些口号似曾相识，仿佛多年以前也见有谁写过。当年母亲正忙着离婚，现在却在帮人写状子。

我进屋，也没打搅母亲，看看她的保温杯空了，便取了暖壶给她续上水，看看又快到了饭点儿，便出门回到街上，从浓香扑鼻的铝锅里捞起一只肘子，让老板切碎拿烙饼卷了带回来。这时母亲的代笔工作已经告一段落，我把吃食摊开，和她一人一只烙饼卷肘子，咔嚓咔嚓啃起来。啃完又喝茶，母亲嘘了口气："比'天福号'的也不差。"

我指指床上的牛皮纸，"您还管他们那些事儿？"

母亲说："政府有判的权力，家属也有申诉的权利，是不是？他们连话都说不利索，更别提写材料了，求我我才帮他们一小忙。"

又说："现在比过去强，起码还让申诉。"

我便一笑，母亲也笑了。再想到我们刚避免了一次前功尽弃的翻脸，大家便都讪讪的。

然后说起大姨妈的事儿。母亲果然不知道大姨妈拒签保证书，她还天真地以为政府很快就会释放大姨妈，因为她这个传销案的受害人已经不打算追究责任了，"那钱算我送给她的，这还不行吗"。而我也就不好再把详情向她解释了，只得提议等警方的通知。母亲点头无异议。屋里静了，外面那小媳妇的声音又传了进来。

她嗑着瓜子对人感慨："正所谓×同人不同，小媳妇的裤裆里藏着啥？一副手铐。"我很低级趣味地乐了，母亲的表情是假装没听见，却又站起身来把门摔了个严实。这副脱离群众的模样倒让我觉得亲近，觉得这才是我的母亲。我也羡慕她的外貌虽然苍老了不少，堪比文艺兵的长脖子都松成了火鸡脖子，但一双眸子仍然是清澈的。

我又问："您怎么过来了？"

"警察联系过我们小区的街道办。"

"我不是说这个。我是说，没想到您还愿意来看看大姨妈。"

"我不管她谁管她。连你都想管她，我就更得管她了。"

我也点头无异议，随后打电话退掉县城的宾馆，和母亲一起住在了这个小旅社。单间早就没了，母亲这间房也住了四个人，我更惨，晚上得睡在呼噜声四面楚歌的大通铺，白天才能过来陪着她。上了年纪以后，母亲养成了散步的习惯，不需要替人写申诉材料的时候，她便叫上我去周围的野地里转转。平时俩人刻意找话说，这时反倒无话，只是蹚着齐膝的杂草默默行走，看平原辽阔，天空阴霾，闻着风里飘来的烧荒草的味道。看守所高墙上有一岗楼，岗楼里驻扎着武警，仿佛正在用半自动步枪瞄准。野地的边缘是高速路，路的另一侧还是野地。每当看到密密麻麻的大卡车压得桥墩都在颤抖，母亲都会凝视很久。她仿佛正在欣赏什么壮丽的奇观，为此深受震动，同时流露出不谙世事的人特有的乏力感。

一天往回走的路上，母亲突然说："刚想起来，我丈夫也来过这儿。"

我相当不识趣地问："您哪个丈夫？"

"当然是目前的合法丈夫，小米她爸。"

"他来这儿干吗？"

"他不是地质系的嘛，学院接过一个活儿，派他带队到这儿勘过矿……好像是找锌，要不就是钨。来了还真找着了，没过多久就投产了。"

对于大姨妈那个村子的情形，我却拿定主意，暂时不要对母亲提起。我们刚刚修复的亲情还很脆弱，经不起节外生枝。探监的人走了一拨又来了一拨，"上面"

对于大姨妈的处理仍然悬而未决。我便开始主动联系看守所的警察，办公室电话没人接就打手机，手机也不接就上门去填登记表。找了几次，警察终于结束了龟缩，主动来旅馆拜访我们了。那天，他跟在旅社服务员身后走进房间，像没事人一样打招呼："好久不见。"

再看他手里，还拎着一口袋吃食，是本地乡镇企业生产的"方便烩面"。塑料碗上也印着鹌鹑蛋、海带丝和卤羊肉，不过没人相信那些东西会出现在面里。他空手来，我还不会紧张，看见带着东西，心立刻沉了下来。

警察把口袋撂在桌上，继续套磁，"也算认识一场，没啥表示的，你们路上吃。"

我说："人没放出来，你让我们去哪儿？"

警察努力想笑，效果却是皮笑肉不笑，"人不在这儿了。"

"送到哪儿去了？"

"劳教了，一年半。"

我脑子嗡了一声，怀疑自己听错了。随即又醒悟到，警察前些天对我避而不见，大概是因为他早就听到了这个风声；而现在事情成了定局，他又必须跑过来“做工作”，以免我们再跟看守所纠缠下去。当我哑口无言的时候，一旁的母亲便开始了抗议，她急风骤雨地说了许多，脖子上的青筋都绷了出来，还举起一沓牛皮纸，朗诵了那上面现成的词句。但对于警察而言，母亲再怎么激昂悲愤，也比撒泼上吊的农村妇女好对付多了。不就是讲理嘛，说的还是书面语，理在他们那儿可有的是。警察转向她，语气更加温和了：

“听起来您是个受过教育的人，那我们也就可以有话好好说了。您需要弄明白三个问题。第一，劳动教养本身是行政处罚，而国家规定，公安机关在执行劳教时无须经由法庭审讯定罪，因此您不能说当事人‘被判刑了’。第二，对于传销人员的处罚，通常可以是口头教育，可以是刑事拘留，但也可以执行一年以上劳教，公安机关这次采取了上限标准，也是符合相关规定的。第三，您就是有意见，现在也跟我们说不着了，因为我们是个基层单位，对‘上面’的决定只负责执行。就算我想把人给你放出来，我也没那个能耐呀。”

母亲脖子上的青筋兀自凸显着，脸却硬了。接着，她做出了一个从未做过的粗鲁举动，朝地上吐了口唾沫。警察居然一慌，往后跳了一步，他躲着母亲的眼睛，又转向我，“原先通知你们过来的时候，真没想到会闹成这样。”

我却突然听不见他说话了，一屁股坐到了地上。心里开了锅，一团气血逆流而动，像个漩涡似的要把我吞噬殆尽。我强努着撑起身子，抓过床上的帆布包，将药翻出来，也不喝水，嚼巴嚼巴干咽了下去。母亲和警察顾不得吵，一同转向我，大声叫着我的名字，旅馆的服务员也折了回来，果断地往我嘴里塞了一只塑料拖鞋——她大概把我当成羊痫风了。我任由他们折腾，根本没精力讲话，只是紧咬牙关抵抗着心里的魔障。过了一会儿，镇静剂先起了作用，神经末梢变得麻木，我眼睁睁地和头顶的人们对视着，像隔着玻璃看水族馆里的鱼。没过多久，我就不负责任地睡着了。

再睁眼，警察已经走了，只看见母亲坐在床头。我口干舌燥地叫了她一声，她一激灵，弯腰拿起一瓶矿泉水递给我，又起身拉开窗帘，让凉风透进来。夜已经深了，苍穹黑得一无所有，白炽灯嗡嗡作声，飞虫撞击灯管的脆响时断时续。

母亲转身看向我，“杨麦，你这样……已经多久了？”

我头脑清楚了些许，知道她一定看过药瓶上的说明文字，便如实回答：“不到一年。”

母亲问：“怎么也不告诉我？”

我想说，照我们以前那种关系，告诉你才怪呢。但我说的却是：“精神病不算病，跟脑残不算残疾一个道理。”

“谁给你诊断的，药是哪儿开的？”

“一朋友，专业的。您要也有这方面的需求，我让她给您打折。”

“我不用，我的精神很健康。”

“那恭喜您，但也不要过于自信。”

“你有点儿正形好吗？”母亲似嗔非嗔地拍了一下我的肩膀，重新在我身边坐下。这个四人间的其他三张床都空着，但床底下的包袱行李还在，大约是室友们为了报答她的代笔之劳，便把房间腾给了我们。

我叹口气问她：“咱们怎么办？”

“还能怎么办。你睡过去以后，那个警察又跟我白话了半天，生怕我去申诉，去抗议。不用他说，多少年前我就明白了，闹也没用。他们说什么就是什么。况且你大姨连份保证书也不愿意写，想要整治她也就有口实了……现在看出来了吧，她比咱们俩可‘轴’多了。咱们已经对她仁至义尽了，咱们回去吧。”

我咬了咬牙，咀嚼肌鼓胀了起来，那模样一定很像一匹马。

母亲继续说：“再说就算回去，也不是不管她了。你比我路子宽，可以给她请律师、托关系，知道她关在哪儿，我还能去看她。你都这样了，可别把以后的日子毁了。”

她的口气竟像是在哄着我、求着我了，同时腰拧过来，手轻轻搭在我的膝盖上。我从未想象过母亲会这样对我说话。在与她为敌的日子里，我所能预期的最大战果也只是在犯浑上胜过她，“噎”得她哑口无言。

半晌，我说：“回吧。”

“回。”

## 14

得知我们要离开，那个警察主动把我们送到了车站，告别时还给母亲的保温杯灌满了热水。他们感化犯人的能力比较有限，感化犯人家属倒是卓有成效。一路上谁也没提大姨妈，好像我和母亲才是两个受了冤枉的刑满释放人员。而进到候车厅里，我才得知母亲的目的地并不是南京，她给自己买了去北京的票。

“原想着别拖累你，但现在，我得管你。”她说。

我们并排坐在高铁的二等座里，当列车以接近每小时三百公里的速度行驶，车窗外的那幅风景画就从写实变成了抽象，全然无法分辨那些转瞬即逝的色块究竟是由哪种庄稼组成的。按照空姐的标准挑选出来的乘务员娉婷地穿过自动门，推销的东西自然不是花生瓜子和防臭尼龙袜，而是八十块钱一份的快餐、哈根达斯冰淇淋和精致的火车模型。和我一同坐车的人从大姨妈换成了母亲，恍惚之间，我感觉自己是丢弃了大姨妈才找回了母亲。我们脸上无泪，一言不发，风驰电掣。

到了北京，母亲在我那套一居室的客厅过道搭了一张行军床，一住就是两个多月。考虑到她从小就不是干活儿的人，我并不指望她的到来能够改变我那邋遢的单身汉生活，而母亲也果然对家具上的浮土和角落里的陈年垃圾都熟视无睹。若干天里，她所声称的“管我”仅局限于：早上看着我出门上班，下午等着我打包两个菜带回来，白天翻阅我屋里的书，晚上再小小地讥讽一下我那“流于大众化”的阅读趣味。似乎只要我没再翻着白眼儿抽搐在地，她的任务就算圆满完成了。

但不管怎么说，我终于过上了有人陪伴的日子。晚饭过后，我仍会陪着母亲出门散步。此时已经入秋，北京的天空时常有悠扬的鸽哨飘过，水果店前弥散着玫瑰香葡萄的气息。我们的步行路线通常是沿幸福大街走到崇文门花市，还有余力的话便一路向北，到日坛的使馆区辨认一番百科知识比赛里才会出现的各国国旗。有一次走得格外远，我们绕过二环路的环岛，来到了朝阳门内的东四小街一带。那儿有一片低矮的平房被诸多垄断企业的总部大楼夹在腋下，形成了城市中心的盆地。母亲领着我从一家卖烧饼牛肉的清真铺子门口穿进去，在纵横如棋盘状的胡同里信步。小径通幽，大街上的车声都消失了。母亲仿佛对路很熟，但又不时驻足观望。走走停停，她最终在一扇斑驳的木门之前站住，自言自语说：

“就这儿。”

“哪儿？”

“你姥爷家。”

我朝里望了一眼：哪里像个点过翰林的大宅门，分明是个南腔北调的大杂院儿。既然成了寻常百姓家，住户们哪里认识王谢堂前燕，进出的人让我和母亲靠边点儿，别挡道，又指指胡同口：“厕所在那头，闻着味儿就找见了。”

母亲的身体在高门之下益发渺小。她自然有权发些怀古之幽思，对于这种精神需要，我大体可以理解，但当听众敲边鼓的兴趣仍然不大。我早已习惯了做一个没“根”的人。而假如说我对这个名义上的故园还有一点儿好奇心的话，主要还是和大姨妈有关。我想象着她在这个院落出生，学习了做饭的手艺，又自小懂得了要顺从、照顾“主家妹妹”。院子中央，母亲提到过的那棵树还在，但也枯了，树干涂满了防虫子的白灰。姐儿俩各有一个回不去的家，家中各种了一棵树，一棵是枣树，另一棵也是枣树。

回去以后，母亲的话少了许多。又过了些天，她在南京的家里传来一个坏消息：我那同父异母的妹妹正在大张旗鼓地旷课，还结交了一些危险的新朋友，动不动就到外面去“刷”几夜。学校老师警告母亲说，再这样下去只好把她开除了。母亲的孩子之中已经有了一个精神病，要是再培养出一个失足少女，她这个妈也真算当得功德圆满了。既然如此，我便发扬了孔融让妈的精神，说妹妹更需要有人“管”，然后替母亲买好了车票。说到底，我虽然学会了接纳家人，但还是更习惯独自生活。动身那天，我陪母亲上了出租车，这才突然想起她待了这么些日子，我连一顿像样的饭也没请她吃过。心下感觉不是个事儿，再看看时间还充裕，便先让司机去了虎坊桥附近一家著名的鲁菜馆。

国营老字号的服务水平有了显著提高，起码不必在大厅张贴“禁止打骂顾客”的注意事项了。本着难得尽回孝的原则，我手笔颇大地点了葱烧海参、松鼠鳜鱼和鱼翅乌鱼蛋汤。母亲尝了，表示“是这个味儿又不是这个味儿”。这顿饭吃得相当沉闷，那不是单纯的离愁别绪，而是只要开口，话里就有未尽之意似的。一个清洁工大姐挥着笤帚扫到我脚边，头也不抬地嘟囔“抬抬，抬抬”，我便抬抬；笤帚转瞬又到了母亲脚下，还是“抬抬，抬抬”。再一看表，离开车只有一个多小时了。如果错过现在，再和母亲坐在一起就不知何时了。

我未加铺垫，突兀地开了口：“跟您说点儿事儿。”

“什么事儿？”

“关于我大姨妈的。”

母亲瞄了我一眼，“你说呗。”

我便复述了一路以来的见闻。从我动身去南方找大姨妈讲起，到她在“虫虫宝”里和什么人混在一起，再到我被囚禁而她又救了我。说到差点儿被闷死在锅炉里的那段经历，我尽量讲述得轻描淡写——用自己吃过的苦头给他人制造心理负担，这是我一贯蔑视的行径。然后又说到了我和大姨妈在看守所里的会面，说到了大姨妈住过的那个村子。对于开矿给村民带来的后果，我一律如实相告。

听了我的说法，母亲身子一颤，“杨麦，你是不是想责怪我，还有小米她爸？”

“当然不是。”我用目光锁住她的眼眸，“您现在那位丈夫也是个老实人，勘探只是他的本分罢了。再举个极端的例子，煤矿上天天都在砸死人，有些农民工连尸首都找不到，我们要是一定觉得那和自己有关，那么每年冬天都应该对着暖气管子去默哀、去忏悔。可那现实吗？说到底，心里知道怎么回事儿就行了。而我把这些情况告诉您，是因为您有权了解大姨妈的处境。如果非要对您遮着瞒着，您以后可能会怪我的。”

母亲低头喝了口茶，将茶杯从唇边移开，缓缓降低。当杯底距离玻璃桌面只有一条肉眼无法看到的缝隙时，她突然松手，薄瓷杯壁内部共振出了铃声一般的脆响。我们同时侧耳聆听，仿佛试图从那声响中捕捉什么隐秘的信息。

然后母亲说：“你想得还挺明白。”

“自从得了精神病，是比过去明白了点儿。”

“既然如此，那我也跟你讲点儿事儿吧。”

“什么事儿？”

“关于你大姨妈的。”

我的预感果然没错，母亲和我一样，心里也存着一些想说却还没说的事儿。

再开口时，她的声调出人意料地和缓，让人想起无风的日子里平静的河面。这才是与陈年旧事相吻合的口气。事情仍从那套胡同里的旧宅讲起。那时母亲是破落户的小格格，厨娘的闺女是她的“大姐”。爬树摘枣的时光是短暂的，长到十来岁的年纪上，我母亲先没了妈，接着，我那本来已被打入另册的姥爷又在某个场合上说了句错话，给塞进火车发配东北了；再一转眼，大姨妈的妈也没了，只剩下俩小姑娘相依为命。

母亲说，那两年要是没有大姨妈，她真不知道能不能活下来。伺候她吃穿就不提了，学校里的野小子欺负她这个没爹没妈的狗崽子，还得靠大姨妈来保护她，有时被人打得一头一脸血，回家俩人抱着呜呜哭。最难的时候，我姥爷的工资也被停发了，眼瞅要断粮，大姨妈干脆辍学出去找活儿干。她在街道的厂子糊过火柴盒，到火车站扛过大包，后来又在国营饭馆干散工——切菜洗碗，大师傅犯懒的时候就脚底下垫着砖头炒菜。靠着这点儿收入和亲戚朋友的接济，母亲居然上完了高中，又在我姥爷一个旧同僚的关照下获准考了大学。那年头的大学生是有生活费的，大姨妈在饭馆里也挺受赏识，一些积极分子吸纳她参加了职工组建的战斗队，还说要给她解决一个正式工的名额。外面的“运动”一波接一波闹得正凶，她们反而看似要把苦日子熬过去了。我那出落成了美人儿的母亲还开始和学校里的一个男生眉来眼去，互相写点儿苏联小说风格的革命寄语什么的。那男的也就是“小米她爸”。

少年的愁事不过夜，大祸临头之时，她压根儿没意识到等待她的将是什么。

母亲忘不了那次组织谈话。那天，学校的支部书记把她叫到办公室，问她有没有私藏什么东西。母亲说没有，又说如果不信，她可以带他们到宿舍里去检查。对方却摇头笑了，说私藏嘛，哪儿有藏在别人眼皮子底下的，要查就到你们家看看吧。学校的人押着母亲回了家。这时小院儿已经被分配给了不知什么人做宿舍，母亲和大姨妈只剩下了一间北屋睡觉，还有一间没人要的柴房用来放置杂物。东西就是从柴房里的水缸后面翻出来的，有几捆线装书，还有我姥爷的一点儿手稿。对于我姥爷的学术研究，母亲倒是有着比较客观的评价，说他老人家犯的是“名士”的通病，杂而不精，缺乏长性，其内容不是“论蟋蟀罐子的审美价值”，就是考证“蒸鹿尾儿”到底是哪个旗人美食家发明的，几乎让人觉得国家停发他那份儿研究员的工资其实也不冤枉。家里的细软字画早已荡然无存，而母亲之所以藏下几摞字儿纸，无非是要“留个念想”。除此之外，她夹着尾巴做人，再没干过违禁的事儿。

支部书记却像得了宝贝似的把那摞字儿纸码在缸盖上，又吹了吹上面的浮土，然后问母亲：“说说吧，怎么回事儿。”

母亲咽了口唾沫没吭声。

支部书记继续逼问：“东西谁藏的？这个问题很严重，说不清楚可不行。”

这时柴房门开了，大姨妈气喘吁吁地跑进来。她是从饭馆赶回来的，一身油烟味儿，腰上的围裙还没摘。大姨妈昂着脸抛出一个字儿：“我。”

支部书记自然不信：“你藏这个干吗？”

大姨妈脆生生地答道：“为了吃饭。她们家的字儿纸都值钱。”

自始至终，母亲没说一句话，吓傻了似的听着大姨妈和人掰扯，又眼睁睁地看着家里仅剩的一点儿字儿纸被支部书记卷包带走。在随后的追查工作中，线装书自不必说，属于“四旧”，我姥爷的手稿则被层层加码，刚开始说成是生活腐化的活证据，很快又定性为变天账——好像他老人家还打算跳过民国直接复辟大清朝，以便继续风雅地斗蛐蛐儿、吃鹿尾儿。随之降临在母亲头上的就是内部批评、公开批判、大过处分、留校察看……而这还是没被“抓着现行”，因此获得从轻发落的结果。后来听校方的人说，如果私藏的罪名被坐实，怎么着也得打个“现反”。再后来又听说，学校之所以揪住这事儿不放，根本原因是那位安排母亲考大学的“世伯”也失了势，另一派正在杀鸡给猴看。

当时母亲只知道她犯了一个弥天大错，不光毁了自己，还有可能连累到千里之外的姥爷。她还知道这回又是“大姐”替她堵了枪眼儿，利用厨娘闺女的便利掩护了她。她又想到，就算大姨妈的成分比她好，在这件事情里恐怕也难以脱清干系吧。国营饭馆儿一样有支部，有战斗队，大姨妈转正的事儿会不会因此受到影响？然而在很长的一段日子里，母亲都没再跟大姨妈见面，她都不敢回家了。也就是在这个当口上，又是我姥爷的那位朋友给她指了条道儿：国家建在西北的兵工厂非常缺人，她可以申请去“三线”，这样一来可以从旋涡中脱身，二来也有将功赎罪的意味。

那人还说，这是他最后一次能帮上我姥爷一家了。没过多久，他就从楼顶蹦了下去。

为了寻条活路，母亲决定离京。到火车站送她的自然是大姨妈。俩人的表情都有点儿发痴，大姨妈尤甚，几乎变成了一个木头人。分别的话都是母亲在说，交代一句她就嗯一句。母亲让她定期往东北给我姥爷邮包裹，如果寄的是六必居的酱萝卜，别忘了滴点儿香油再“改改刀”。大姨妈说嗯。母亲让她七月十五给俩人的妈烧纸的时候，先别把自己去西北的消息告诉“那边的人”了，省得她们操心。大姨妈说嗯。母亲又说从小到大你光顾着我了，以后也顾顾自己吧，人家让你交代家里的事儿你就说，争取立功，别耽误转正。这次大姨妈没说嗯。然后母亲上了绿皮火车，还没坐稳，就听到玻璃窗从外面被拍得山响。

母亲拉开窗户，说：“大姐，你回吧。”

大姨妈说：“我让你受苦了。”

母亲说：“这话从何提起。”

大姨妈说：“我心里也难受。”

母亲说：“你想说什么呀。”

大姨妈便说了。母亲私藏手稿的事情，是从她那儿传出去的，并且不是无意泄露，是主动检举。国营饭馆战斗队的副司令是个女同志，原来当会计，她听说了大姨妈家和母亲家的关系，就热情动员下人的后代揭发主子。他们家是怎么压迫你和你妈的，拿蘸水的鞭子抽过你们吗，放狗咬过你们吗？大姨妈的答复是没有，小时候把鱼缸掀翻了，挨揍的都是我妹妹。他们家人有什么反动言论，恶毒攻击过党和国家吗？大姨妈的答复是也没听见过，老先生早到外地去了，妹妹上大学，住校。凭什么她能上大学你在饭馆打杂，这不就是压迫吗？大姨妈的答复是妹妹从小学习好，老考第一，而自己脑子慢，学校老师都说她傻，要不是老先生坚持让她念书，连初中都不想上了；再说上大学和进饭馆不都是为人民服务嘛。但大姨妈越实话实说，女同志就越觉得她的立场不够坚定。没人相信一个老右派的家里连一点儿罪证都抓不着。于是女同志对大姨妈更加晓之以理动之以情，还举了她身上的现成例子：你刚来的时候，掌灶的大师傅老使唤你给他沏茶买烟，高兴了揪你辫子不高兴了拿汤勺烫你脸，组织上不是对他提出了批评，还答应要给你转正吗？这就是革命的成果，你是革命的受益者。就算他们家果真没事儿，但还有千千万万的受苦人大仇未报呢，还有不计其数的阶级敌人正妄想变天呢，你愿意让普天下的工人阶级和贫下中农吃二遍苦、受二茬罪吗？要知道，一个人不仅代表他自己，还代表他所属的那个阶级，你是这样，你那个主家也是这样？

“等会儿等会儿，”大姨妈说，“你说得太远了，把我绕晕了。”

女同志说："其实很简单，就看你相信不相信革命。你相信革命吗？"

大姨妈说："相信。"

女同志说："说说你对革命的理解。"

大姨妈说："革命好，为我好，为所有人好。"

女同志说："这个'所有人'可不包括革命的专政对象。那好，既然你相信革命，希望我们革命群众也能相信你。"

这天晚上，大姨妈一夜没睡。第二天，她在饭馆后厨遇到人都绕着走。到了下班时，女同志没来找她，她主动去找了女同志，问把该烧的"字儿纸"藏在柴房算不算破坏革命。问清情况，女同志感到兹事体大，已经不是一个饭馆战斗队所能把握的了，立刻去向母亲的学校反映了情况。

在混杂着煤渣味儿的风里，在北京站钟楼传出的《东方红》乐曲里，母亲居高临下地审视着大姨妈的脸。那是一张白净的鹅蛋脸，隐忍，表情迟缓，总是略显忧愁。告密的人是大姨妈，而且只可能是大姨妈，对于这一点，母亲其实早该猜到了。除了大姨妈，再没第三个人知道小柴房的水缸后面藏了什么。而大姨妈恰好在学校的人来抄家时进了门，多半也是因为人家安排她来现场充当人证。只不过大姨妈事到临头内疚了，后悔了，革命意志没那么坚定了。大姨妈史无前例地出卖了母亲，却又一如既往地豁出命来保护了母亲。

而母亲像尊泥塑，一动不动。她浑身发冷，觉得恐怖。她也不知自己在害怕什么，是告密本身还是告密者的坦白。幸亏这时火车动了，她一言不发地拉下窗户。

站台上的大姨妈追着火车，喊："我真没想到会这样儿，她们说顶多就是批评批评你，批评批评就完事儿啦。"直到火车把她甩在了站台上，她还在仰着脑袋呼号。从母亲的角度看去，好像大姨妈正对着天空吐气。

"我从来没为这事儿恨过她。"在几十年后的国营饭馆里，母亲端起茶杯又呷了一口，"不光知道她出卖我的时候没有，就连在陕西吃苦的时候也没有。依着我的性子，如果恨她，后来就不会跟她联系，更不会把你交给她带。"

我已经听呆了。我发现自己在往事面前毫无发言的权利，就像往事发生的时候也没有征询过我的意见。我只能下意识地顺着母亲的话问："为什么？"

"多简单啊，那年头人人都这样。妻子揭发丈夫学生揭发老师的多了，你姥爷就是被跟他一起赏菊花吃螃蟹的朋友举报的。他被定了性以后，我也必须表态跟他划清界限，否则就上不了大学。既然人人这样，也就没什么不能理解的了。"母亲说，"我不原谅那个世道，但也没怨过那个世道里的任何一个人。"

我试图让往事在母亲口中继续流淌下去，"您去陕西以后，你们还有联系？"

"哪儿断得开呀。除了我，她再没家人了；除了她，我也没人能说句话。"

母亲大学肄业，变成了兵工厂子弟学校的老师，大姨妈每年春节去看她一趟。路远车慢，再加上常常开不出介绍信或者买不到火车票，当大姨妈到达陕西的时候，一个年往往已经快过完了。她第一次来，母亲冷冷看了她一眼，说你走吧，说完扭身进了学校。第二次，大姨妈在宿舍区转悠了一天，母亲压根儿没露面，她躲到车间里去给人写春联了。母亲说，她这么做不是在惩罚大姨妈，而是因为她实在不知道该怎么和大姨妈相处。到了第三年，母亲又借故到山里的学生家家访，直到初七夜里才回学校。刚走到宿舍门口，就看见路灯下蜷着一个人，背上驮着一口袋年货和一副行李，乍看好像冬眠的龟在背着它的壳。这天晚上正在下雪，那龟壳就变白了；兵工厂的战士放了几个二踢脚，那龟壳便又间歇性地映出光来。有人告诉母亲，这人已经来了三天，天天这么蜷着，连嘴都像被冻住了，问她话她也不说。

母亲叹口气，走到大姨妈面前，说你上来吧，冻死也是条性命。大姨妈便跟着母亲进了屋，俩人补做了顿年夜饭。一暖和过来，大姨妈反而开始打哆嗦，一边哆嗦一边掉眼泪，好像把眼里的冰碴儿都焐化了。依照我姥爷以前定下的规矩，母亲在除旧迎新之际敬了大姨妈一杯酒，谢谢她多年来的操劳。干了这杯酒，母亲郑重地对大姨妈说：“大姐，都够苦的了，别折磨自己了。”大姨妈愣愣地点头，回敬了母亲一杯酒。按照规矩，这杯酒是用人感谢主家的关照。

然后母亲说起了别的，诸如“家里”的情形如何，姥爷在东北过得怎么样等。既然重新坐在了一起，她想让谈话的气氛变得轻松一点儿，家常一点儿，就像旧时守岁一样。自然也问到了大姨妈的现状。母亲说：“转不转正也无所谓。只要还剩一个人，北京的那个家就还在。”大姨妈便又哭了，她告诉母亲，她也离开了北京。

母亲问：“去哪儿了？”

大姨妈说：“插队，河南。”

“你傻呀，”母亲叫起来，“你成分好，又不算知识青年，他们怎么能这么对你。”

“跟他们没关系，我自己要求走。”

母亲一颤，没再说话。

大姨妈又添了一句，说她对“那些东西”没兴趣，她也不是“那样的人”。

母亲仍不言语。

大姨妈最后说：“我当初是为了革命。”

母亲开腔了：“你说什么？”

大姨妈说：“为了革命。”

“那一刻我仍然没恨她，但我看不起她。”母亲对我说，“既然做了那样的事，何必非要给自己找一个理由。不怕下作，就怕下作得冠冕堂皇。她在饭馆里参加过两次学习班就知道什么是革命了？真是笑话，我可是学过马列原著的，还能用英文读《共产党宣言》，但恰恰是她那样的人革了我的命……”

“您是这么质问她的？大姨妈是怎么回答的？”

“不，我什么都没说。革命这俩字儿把我噎住了。”

也就是说，抗辩只能在心里进行。不光面对大姨妈，在面对那些真正凶狠的批判者时，母亲一贯采取的也是这种态度。她默默起身，表示谈话结束了。当天自然一宿没睡，次日早上，她看见大姨妈同样脸庞浮肿，两眼血丝密布。谁知道一夜之间，那张肩并肩的单人床上翻滚了多少心思。然后母亲在心里评价道，大姨妈毕竟还是自责的，这就比另一些人强多了。更何况大姨妈还主动去了河南，这无疑是要陪着母亲吃苦的意思。有了这个态度垫底，那么她的背叛乃至虚伪也是值得同情的了吧。在眼下的处境里，母亲渴望有人能和她互相同情。

于是母亲继续称大姨妈为“大姐”，留她在这个一旦发生爆炸就能把半座山都掀掉的兵工厂里多住了两天。再过一年，她提前给大姨妈写信，说等她一起过年。然后再一年、再一年，她们维持着每年一见的频率。虽然属于随时有可能被“收拾”的那一类人，但作为一名教师，尤其是嫁给了我那干部身份的父亲之后，母亲的生活条件还是比扎根农村的大姨妈好多了，于是时不常地接济大姨妈也成了俩人关系中的重要内容。我不免猥琐地揣测，在此期间母亲的自我感觉还是相当不错的——她找回了主家小姐的优越感，又享受了以德报怨的崇高感。但关于她是怎么去的陕西，大姨妈又是怎么去的河南，甚至关于“革命”这个词，都成了两人之间的雷区，此后从未有人再提起过。古怪的是，现在看来恰恰是那段恩怨维系了她们的交往。一旦“革命”成为了中国人记忆里的过期粮票，母亲和大姨妈便不自觉地疏远了——母亲陷入了和我父亲的婚内路线斗争，大姨妈则受困于她的输卵管。动荡年代的人们热衷于分享命运，日常生活的主题却是在琐碎里自顾不暇。

直到我被制造出来又被抛弃出去，母亲才突然想起了大姨妈，写信让她来暂时接管我。把信往邮筒里一扔，母亲就放心地追求新生活去了。

“您就那么确定她能来？”我问。

“因为我知道，她一直觉得自己亏欠着我。”母亲说，“而那时我终于要离开陕西了，她来代替我照顾你，这就叫解铃还须系铃人……也算是我们之间的一个仪式吧。我信里对她说，以后把该放下的都放下，既然国家翻了篇儿，那咱们也翻篇儿。”

作为一个半夜尿床的傻球，当时的我哪里知道自己还有如此重大的象征意义。她们简直应该在我的背上重演一出新时代的岳母刺字，刺的不是“精忠报国”，而是“时间就是生命，知识就是力量”。说到这儿，茶都凉了。清洁工大姐已经扫完了地，又操起一把墩布捅到我和母亲脚下，更加不耐烦地“抬抬，抬抬”。我们便把屁股也抬了起来。乘出租车前往南站的路上，母亲一直疲倦地闭着眼。直到车子因为堵塞而停下，她才突然睁眼又说：

“……没想到她会变成这样，简直像从另一个世界来的人了。”

和我此前对大姨妈的印象完全一致。但我却说：

“不，她没变。”

我那笃定的口气把自己也吓了一跳。母亲瞥了我一眼：“也许吧。你比我更了解她。”

她那轻松的态度也让我别扭。我不甘心地说：“那肯定不会，您毕竟认识她更久。但我想，有一件事儿您误解了她……”

“什么事儿呢？”母亲装作饶有兴致地问。

“革命。”我顿了顿又说，“她说她相信革命，这话是真的。”

那个字眼儿在今天已经没有杀伤力了，但母亲的脸仍然一紧。随后她再次轻松下来，仿佛正在舒心惬意地享受当今时代的语言氛围。她还露出了隔岸观火的微笑，“当然有可能，但等于没可能。你说的那种可能，我当然也想过，但想了才知道想也白想。”

“您是在打机锋还是在说车轱辘话？恕我直言，这种态度略显轻佻……”

“我还纳闷儿你怎么突然庄重起来了呢。”母亲简直要“哈哈”笑出声了，她好像是为了顾及我的情绪，才强迫自己认真了一点儿，“我的意思是，这个问题太不可捉摸了。她说她相信，你相信她相信，这完全就是‘子非鱼’嘛。信又怎么样，不信又怎么样，结果还不是一样。我能做的只是不恨她——而你同样也可以不相信我。”

说到这个份儿上，再较真儿也没有意义了。任何辩论的归宿总是虚无主义。我也惊奇于在和母亲的对话中，她反而成了开通的那一方，我却无法从牛角尖里钻出来。我们的位置不知不觉地打了个颠倒，这就是焦虑症和正常人之间的区别吗?

我悲哀地试图重申：“您说得都对，但我仍然……”

“那我也相信她，行了吧。”母亲像哄孩子一样抚了抚我的头，打断了我的纠缠不休。这时车子已经沿着环形匝道驶上了车站的二楼平台，司机告诉我们，他只能在送客区停靠两分钟。我想送母亲进站，但她不容商量地拒绝了我，拖着拉杆箱便往进站口走去。她这次离开北京的背影堪称潇洒。这时我突然想起了什么，拔脚追上去和她快步并行，掏出一个信封塞进母亲手里。信封里装着我昨晚找出来的存折，密码写在背面。那是我目前的全部积蓄了，我很庆幸当初加入李无耻的盖庙生意时，还给自己留了一点儿存货。

母亲打开信封看了一眼，不得不停下来，“你这是干吗？”

“给妹妹的。”我说，“您给她办择校去吧。”

“那怎么行，她也不是你——”

“毕竟还有一半儿血缘关系。”

母亲半晌憋出一句：“你该不是想替你大姨——”

“一家人，数目点清楚就行了，说法太清楚就没意思了。”

说完，就轮到我潇洒一把了。我顺势一转，奓着翅子扎进了人堆儿，那副模样几乎可以被称为全北京最气宇轩昂的穷光蛋。我的心情也莫名地豪壮了起来。活了这么多年，我仍然是个傻球，无法参透那些人让人受罪、人为人流泪、人和人作对、人与人相随的命运奥秘，但我却感到自己像强光透顶一样懂得了大姨妈。在决定揭发母亲的那一刻，大姨妈相信革命是善的，正义的，伟大的。她还相信自己正在像那个年代的其他人一样革命，而革命必须有所牺牲。虽然她很快就含糊了，后悔了，但她的心里确乎曾经涌现过一个天真纯洁的、光整的世界，思之令人落泪。在我的记忆里，青春洋溢的大姨妈与带我去西安参拜“师父”、将我从锅炉里解救出来的大姨妈融合在了一起，她们贯穿一线，组成了真实的、完整的人生。

我又是多么相信她啊。

恰在这时，口袋里的手机毫无预兆地振动了几下。我接了电话，是在看守所见过的那个警察。他简短地通知我：一个星期之后，大姨妈会从劳改农场转回到县看守所，接受完警方的重新登记和再教育，她将获得就地释放；届时，我们这些亲属可以过去接她。

# 15

我在雪夜里循山路而行，曲折向上，时陡时缓。

路是人脚踩出来的小路，借着手电筒稀薄的光亮辨认，许多草秆折断的痕迹还很新鲜。身边的灌木丛中有时一响，便有藏匿其间的小兽四散奔走，也许是兔子，也许是鼬类，更有可能是原先附近人家养的猫和狗。因为路滑，我频繁地打着踉跄，有两次险些滚下山去，幸亏拽住了树枝才勉强找回平衡。再看手上，早被扎得鲜血淋漓了。

在一个宽阔些的拐弯处，我的体力几乎耗尽，不得不撑着膝盖喘息片刻。嘴里呼出的白气将雪花搅乱，脚下的乱琼碎玉莹莹闪着微光。回望一眼，山下一片黑色的虚空，全无半点灯火。再朝山上望去，灌木丛的一个缺口上方，盘旋着在无人区里才会出现的浩大鸟群。

这些年来由于冬天变暖，许多迁徙的候鸟就会在中途找个地方留下。鸟们在天上构成了泼墨般的暗影，仔细分辨，便发现暗影下端流动着微弱的、若隐若无的光泽。恍惚了一会儿，我猜测那里是有人迹的。

大姨妈是否就在前面？在这飘雪的夜里，在这苍穹不语的山上，我有个预感：我和她一旦重逢，那就将是尘埃落定的故事终结。

那天接到警察的电话，我几乎不敢确信他的话是真的。第二天去了单位，消息才在法制版的同事口中得到了证实：经过反复论证，国家通过了“关于废止劳动教养法律规定的决定”，所有正在被执行劳教的人员都将转回原籍，陆续释放。该规定自一九五七年实施以来，已经持续了五十余年。我赶紧把消息告诉了母亲。与此同时，我却古怪地想到，大姨妈当初对我说过，她宁可待在“里面”，现在“里面”也没有了她的容身之地，她在重获自由之时却丧失了另外一种自由——独处的自由，隐匿于人间的自由。

母亲说她给妹妹办择校的事儿也正进行到了要紧处，她让我先去看守所，自己一忙完就立刻过去和我会合，然后再把大姨妈接到南京去，或者让大姨妈跟我回北京也行，“总之随她的愿，更别节外生枝了”。我去火车站买了车票，当天到达了河南的县里，而辗转到看守所，天已经黑了。传达室晚上还大敞着门，进门也不必登记填表，门口已经站了一群人。那些家属的脸色都是红扑扑的，不时伸着脖子踮着脚尖往里侧眺望一眼，好像一群正在进行多声部轮唱的鹅。进而，看守所的正门外又放起了鞭炮，原来是几个头发染得姹紫嫣红的“杀马特”要给他们的大哥“冲冲喜”。噼里啪啦一响，我认识的那个警察也从里屋奔了出来。

他几脚踩灭鞭炮，呵斥道：“别以为你的事儿完了，回去记着到派出所报到。”

然后才转向我点点头，拨开人群走过来，看来是要给我先办手续。这个举动引起了别人的不满，有人问：“怎么没个先来后到啊，他是不是有关系呀？”

警察又呵斥：“人家是真冤，你们算占便宜，能一个待遇吗？”

说完掏出两张纸来递给我。那是大姨妈被取消劳教的相关证明，警察告诉我，原件已经发放给了她本人，我看到的是复印件。接着，他又拿出另一张表格，就是和家属有关的了，我需要在知情栏上签名。签好之后，我也伸长脖子踮起脚尖，像鹅一样往里张望着：“人呢？”

警察却说：“不在所里了。”

我条件反射地叫起来：“又送到哪儿去了？”

警察便笑了：“今天接人的太多，所里地方不够用，我们就临时把一部分表现良好的犯人集中到旁边旅馆里去了。让他们在那儿等家属，家属来了就接走。”

原来是这样。我嘘了口气，但心仍有些悬着。只要不见到大姨妈的人，这事儿就不算完。警察似乎很理解我的一朝被蛇咬，他像个老朋友似的拍拍我的肩，“我们办事儿，你还有什么信不过的。”

我只好说：“相信政府，相信政府。”

“少来这套。”警察哈哈一乐，“既然不放心，我就带你过去好啦。”

说完，他果真拔腿出门，我赶紧亦步亦趋地跟上。我们在坑坑洼洼的土路上前行，冬天日头短，今天又是阴天，外面已经黑茫茫的一片了。警察又掏出手电来，在旷野里劈开一条光缝。仿佛走了五分钟、十分钟，四下的树低天高如同一段冗长而凝滞的电影空镜头。突然眼前一晃，高速路桥墩之下闪着几点鬼火，我们来到了那条斜街。警察带我走进旅馆，对柜台后的服务员说了句“接人”，又指了指一间房门。正是我母亲曾经住过的那个四人间。

我不由自主地深吸一口气，又拿手搓了搓被夜风吹得冰凉的脸，这才慢慢移动过去。屋里无声无息，门框的缝隙里渗出惨白的灯光。我推开门，四张铁架子床映入眼帘。床上没人，靠窗的墙角却齐刷刷地蹲了一排男女老少，都低着头，用膝盖夹着脸。这是劳教人员所习惯的姿势。

“大姨妈。”

但却没人答应。定睛再看，一字蹲开的劳教人员里并没有大姨妈的身影。女的倒是有两个，但都比她年轻，体形也比她壮硕得多。而那一刻，我居然并不觉得吃惊，甚至有些预料之中的感觉。愣了一会儿，我转身出门，问那警察：“人呢？”

“不就在屋里呢吗？”警察正靠在柜台上抽烟，看到我脸色不对，立刻跟过来。他在门口扫了一眼，眉毛就皱了起来，折回外面又问服务员，“人呢？”

服务员正是以前往我嘴里塞过塑料拖鞋的那个姑娘。还没等警察描述完大姨妈的外貌，她就响亮地回答：“尿去了。尿了一个多钟头啦。”

“你真傻假傻，有尿一个钟头的吗？”警察火冒三丈地拍桌子，服务员被他吓着了，只好带着我们先去走廊拐角的厕所，再把有人住没人住的房间都打开一遍。到处都没有大姨妈。服务员迷惘地挠头，“咦，说好了尿完就回呀。”

警察铁青着脸，质问她：“你咋看的门？”

服务员也被逼急了，反呛：“我是替旅馆看门的，又不是替警察看门的。你们又没给我发身警服穿。”

警察又转向我，一边抹着满头的汗，一边劝我先别发作，“咱们再问问，再问问。”说罢带我走回那个充作临时中转站的四人间，先指了指一个墙根，“她下午就蹲在这儿，我还跟她说话来着。”又喝令仍然蹲在墙根的几个人，“那女的你们看见没有？”

那些人之所以还在这里蹲着，想必是没有家人来接，或者干脆连家人都没有，因此当他们依序把脑袋从膝盖中间拔出来，脸上丝毫没有重获自由的喜悦。但公安机关的训练还是很有效果的，警察一问，他们立刻老实回答：

“报告政府，没看见。”

“报告政府，我睡着了。”

“报告政府，你不问我我都不知道屋里还有女的。”

不说还好，一说我就来气了。难道这些大活人都是睁眼瞎吗？警察便又解释：“在里面待过的人跟外面人不一样，说不让东张西望就不东张西望，说不让交头接耳就不交头接耳。”然后口气温和下来，又对那些人说，“别报告了，你们现在都不是劳教人员了，也不是拘留人员。已经获得释放了嘛，手续都办完了，其实就可以来去自由。把你们集中在这里，这是我们所里的关怀，免得你们在等人的时候吹风受冻，对不对？大伙儿帮我个忙，再想想，最后一次见着那女的是什么时候，知道的就说，不知道也不要紧。”

自由人们便又重复一遍“不知道”“睡着了”“好

像尿去了”。而我则听明白了警察的言外之意。他是在向我申明，大姨妈的消失和她当初被劳教一样，都是合法的、有政策依据的，赖也赖不到看守所的头上。本来嘛，都是自由人了，谁管得着谁呀。我反而冷静下来，低声对警察说：“你别担心，假如人是自己跑掉的，我也不找你们要。”

这警察的策略一贯是先鸡贼再不好意思，还知道不好意思，说明他也是个实在人。他感动地抓住我的手，用力握了握，“兄弟，谢谢理解。”

我却顺势抓住他的胳膊，示意他借一步说话。警察和我来到旅馆外的土地上，我掏出烟来递给他一颗，自己也叼上，狠抽了两口才说：“但人肯定还得找。”

警察也抽口烟，“那是。有你这样的亲戚，她也该知足了。”

我说：“想跟你再问点儿线索。我大姨从劳改农场转回看守所的这几天里，她有什么异样的举动吗？说过什么做过什么吗？”

警察尽力思索，过了一会儿说：“一切正常，真没看出什么端倪。比起第一次进来的时候，她的精神好多了，有时候我去看她，也会跟我聊聊天。聊的主要都是你，说她以前就带过你一个月，没想到你真把她当亲人。我还特地问她，出去以后还干不干传销了，她说肯定不干了，还说自己已经‘跳出来了’……”

我眼睛发酸，眼眶却仍是干的。或许本来有泪，但转瞬就被风吞噬殆尽。我又问：“你再想想，再想想……麻烦你了。”

警察便歪着头，很够朋友地又想。半晌说：“真想不出来了。我觉得特别对不住你。”

“没事儿。”我疲乏地把烟头扔到脚下踩灭，转身往回走去。

警察却没跟上来，仍站在原地抽烟。过了一会儿，我的身后传来一句：“对了。”

我回头，“什么？”

警察的脸随着烟头一亮，“你要不专门问我，我可能都不会往那方面想。服务员说你大姨一个多小时以前去的厕所，而那时候，恰好有个瞎子也被人接走了。接他的人还专门给我打了个电话。”

“什么样的瞎子？”

“特别高特别瘦的一个瞎子。哑嗓子，开口就像锯木头。”

“他叫什么？”

“刘有光。”

“因为什么事儿进去的？”

“传教。当然肯定不是正经八百传教，而是违规传、非法传。这人也住你大姨那个村子附近，算矿区，原来就是一农民，后来也不知经了什么事儿又动了什么心思，从此以传教为生。这当然也不奇怪，现在农村传教的不少，信的人更多，还有组织家庭教会的。这种神神鬼鬼的勾当政府没工夫多管，只能引导，尽量号召信徒去正规的宗教场所。只要不发展成谋财害命的邪教，公安机关也不会立案。而这瞎子之所以进来，说到底还是和开矿有关。县里计划把矿区清空，拆迁移民，可他带头不走，说自己的信众都在那儿。他一不走，那些跟随他的人反而就更不走。再加上本来就没有传教资格，政府干脆就把他给劳教了。”

“这瞎子和我大姨认识吗，认识的话又是什么时候认识的？”

“认识肯定是认识，但什么时候认识的就不知道了。她和瞎子是从同一个农场里转回来的，都是待释放人员，所里也不会看得太紧。我见过好几次你大姨给瞎子打饭、洗衣服，还见过她用竹棍牵着瞎子在空地上放风……现在一想，放风的时候俩人就爱嘀嘀咕咕地说话，有时突然看见我来，你大姨就立刻不说了，而瞎子看不见，还在说，说的什么也听不清楚。”说到这儿，警察突然一拍大腿，那副兴奋的样子好像他不是个狱警，而是个刚破获了一起大案要案的刑警，“她会不会是跟着瞎子走了？俩人会不会早商量好了？”

我心里铿然一响，“这就对了。”

再次前往大姨妈那个村子的路，就是警察带我过去的了。我说我得进山看看，警察又说这“不太好弄”，还说大姨妈和瞎子未见得会回山里，山里早没人了。我反问，假如大姨妈真是和瞎子走了，一个老女人，一个残疾人，跑又能跑到哪儿去？县里、市里、省里、北京吗？瞎子是信教的，又不是上访的，多半还是哪儿来的回哪儿去。我又向警察坦白，其实矿区附近我早就去过了，就算要惹麻烦，那也不会巴巴儿地等到现在才惹。

警察不置一词，而我扭头就走，从匝道爬上高速公路拦车。在滚滚黑烟里站了半个钟头，无论是大卡车还是小客车都没有停下的，更不会有空驶的出租车途经此处。正在茫然，便看见一辆破破烂烂、连车漆都斑驳了的警车在身边停下，那个警察摇下车窗露出脸来：

“帮人帮到底吧，要不你还咋弄。”

开出昼夜堵塞的收费站路段，沿着县道绕过城区，没过多久也就到了地方。漆黑的玉米田在车窗外颤抖，枯叶唰唰作响，像是亿万只蝼蚁正在攒聚、碾压、互相啃噬。车灯照亮远方，两座乳房般的山峦的剪影伫立在平原上，其中有一只流出了蜜和奶，但在掏空它的过程中却让另一只中了毒。又颠簸了片刻，车头咔嚓一响，警察骂了一句，刹住车再看，已经撞翻了一个路障。山下的岗哨又比我原先见时前移了不少。

接着便有几条黑影从路边的田埂里跳出来，都拎着盾牌和警棍。那些人在夜里居然也戴着墨镜，可见墨镜的功能就不是遮挡阳光了。领头的还是那个胖子，他摇摇晃晃地走到近前，才看清来的是辆警车，不得不收起兵器，从外面敲敲车窗，“开车也不看着路。”

警察摇下车窗，“拦路也不架个灯。”

胖墨镜伸进头来，辨认了一下那警察的脸，突然笑了，“政府，您咋来了。”

警察也笑了，“哎哟，出来以后表现不错，都混成执法人员了。”

胖墨镜就不好意思地搓了搓脑袋，“这不是力所能及嘛。”

敢情俩人认识。警察再把汽车发动起来，却发现前轮里扎进了一根铁条，再往前开已经不可能。胖墨镜大包大揽，他立刻吆喝两个瘦墨镜回县城去弄个轮胎，然后又请警察“到屋里坐坐”，也算“视察一下工作”。我们只好下车，跟着他在田埂上拐了几个弯，来到一间农民修的看田用的简易房里。屋里还有几个人，都归胖墨镜管辖，一声招呼就摆上席来：罐头牛、罐头鱼、罐头午餐肉，还有两箱啤酒。胖墨镜抱歉道，附近的菜不敢吃，水也不敢喝，所以不能开伙，只能凑合了。又说在“里面”的时候没少受警察的教育，来了来了，不招待一顿总是说不过去。这人说话时，我一直躲着他的眼睛。而胖墨镜的工作是拦路设岗，究竟打过谁、唬过谁却全不记得，他又热情地揽住我的肩膀问：“是这位兄弟要进山吗？”

我的脖子被两枚鸽子蛋大的银戒指硌得生疼，只好实话实说：“想找个亲戚。”

“矿上的？”

“村里的。”

胖墨镜就嘬了嘬牙花子。但我是警察带过来的，他也不要通行证了，反而劝起我来，“那哪儿找得着。现在矿上干活儿的人都是一个礼拜一换班，不敢长时间停留，至于附近的几个村子，早就成了无人区，县里的干部还专门进去找过，连个人影也没有。就连我们都越搬越远，天天提心吊胆的，生怕什么时候骨头也烂了。你那个亲戚不是跑了就是死了。”

我没说话，警察却仿佛轻松下来。他兴致高涨地撬开啤酒瓶盖，“不谈正事，先吃饱再说。”

胖墨镜认为这是一个正确的态度，“就是这理儿。”

然后俩人推杯换盏，其他几个瘦子在下面伺候，还在屋里生了个浓烟滚滚的炭盆。我形同被挟持了，陪坐在桌旁，人家劝吃就吃一口，人家让喝就碰一下。而那胖墨镜虽然胖，酒量却不大，一喝就红，一红就痒，才两瓶啤酒下肚，脑袋已经变成了个灯笼，又把两枚大戒指摘下来撂在桌上，左手右手咔哧咔哧互相挠着。警察却脸色如常，加紧又劝了两杯，然后起身说："尿。"

出门之前，他用脚钩了一下我的腿。我便也说尿，跟着他出了门，俩人并排站在简易房的墙边，对着玉米地。半晌，警察打个哆嗦，对我说："知道劝不住你，也就帮你到这儿了。"

我明白他的意思，"感谢政府。"

"你多小心，山里要是没人，那就可能什么都有了。"警察又把手电塞到我手里，"但也不用着急，那些人不会再去抓你。我知道那胖子，愿意喝酒就是卖了我一个面子。总之有事打电话联系，我们这儿是平原，山上信号也有。"

我心里一热，掏出烟来给警察上了一颗，然后钻进了田地。还是沿着上次的路线绕过岗哨，再经由板结的土路进村。在午夜降临之前，我已经把山脚下的村子搜索了一遍，每条巷子都走了个来回，开着的门也推进去张望几眼。正如胖墨镜所说，早已空无一人。但这片无人区并不像想象中的那样满是断壁残垣，反而显示出一派生机勃勃的气象。路边芳草萋萋，茂盛的藤蔓植物覆盖了围墙、铁门和窗户；狗都变成了野生动物，不时对着天空此起彼伏地吠叫，或者没头没脑地在房屋之间疯跑。按照某些科学家的预测，只要地球上的人类文明突然中断，不出几年光景，纽约、伦敦和上海这样的城市都将重新变成原始森林。这个村子像个微缩的实验室，印证了诸如此类的设想。

也许大姨妈和盲人果然去了别处？我僵立在贯通村子的南北干道上。而雪就是这时下起来的。此前也没预兆，只是觉得脸上像针刺似的凉了一下，再拿手摸，一个小小的冰碴转瞬融化，浸入指纹，痕迹全无。就像这世间的大多数人一样，来过却没留下证据。举起手电往天上照了照，便看见密密麻麻的冰碴万箭齐发，攒射下来。手电再往别处一晃，却发现有条小路从水泥路上岔了出去，隐隐约约地沿山往上。我回忆起上次来村里时，曾经看见那高大的盲人被人牵着，从这条路爬到山上去。按照山里人的说法，翻过山去还有别的村子。

明知隔山的村落多半也没有了人烟，但我想，还是去一趟吧。去一趟就尽了心了。

当冰碴儿变成了漫天的白雪，我在半山腰上望见了灯火。

那也是一个小院几间平房，藏在一个小小的山坳里，远看还以为是个离群索居的住家。等到离近了些，就见院门口七扭八歪地摆了几个灭火器，墙上还张贴着一张宣传画，上面画着个硕大的火苗。在漆黑的雪夜里，那个抽象的造型被院门里渗出的灯光映得发红，好像一团扭动跳跃的真正的火苗。原来是个设在山上的护林站，因为地势高，正好可以观察远近的火情。而既然山下的村民全搬走了，这个机构按说也该撤掉才对。我的心怦怦猛跳，呼哧带喘地紧跑过去，一把推开了虚掩着的铁门。

院子不大，亮着灯的正屋就在几步开外，但拉着窗帘，看不清里面的人影。其他的偏房全黑着。这时有一股煤气味儿从身边飘来，浓得呛人，熏得我胸膛撕扯着疼起来。我扭了扭头，就看见墙角的背风处堆着一些杂物，毡布木柴之类，此外还有一个砖头搭的炉灶，灶里有个煤油炉，上面还架着个小锅。腾腾热气从锅盖的缝隙中钻出来，迅速消融在冰冷的空气中。

我正想叫人，就听见一个声音从炉灶后方传来："杨麦？"

那声音悠远空旷，尾端还带着一个微妙的小拐弯儿，听来如念咒语。我像得了夜盲症一样揉了揉眼睛，许久才看见杂物堆的一侧，站起一个人影。那人体形矮小，轮廓模糊，仿佛是从大团稠密的黑影中慢慢生长出来的。随即，在煤气炉的火光里，一张女人的面貌渐渐清晰。六十上下的年纪，额头皱纹深邃，沟壑里好像填满了泥污。头发花白而稀薄，像层破布似的贴在颅骨上。没人会相信那曾经是一张温婉、忧愁的脸。

我回应道："大姨妈。"

大姨妈便慢慢走了过来，在我身前两步站住，和我对望几秒，然后往前再迈一步，伸手从肩上摘下一条毛巾来，拍打着我的肩膀。我这才发现自己的身上、头上都覆着一层白雪，外套的褶皱里更是结着冰碴，像个白盔白甲的武士。过了半天，她才停下手来，重新和我对望。我确信自己再一次找到了大姨妈。

大姨妈却说："知道你会找我，但没想到你会找到这儿来。"

我一怔，接着她的话问："您知道我会去看守所接您，干吗还……"

大姨妈就低下了头，两手叉开，在腿上摩挲着："杨麦，你想让我从何说起呢？"

"大姨妈，从头说起吧。"

"哪儿是头呢？"

"就从您认识那个……刘有光的时候吧。"

"你见过他？"

"何止见过，我还听过他传教。"

这下轮到大姨妈一怔。她半晌不语，嘴巴像鱼一样张了张又瘪了瘪，这才哽着嗓子说："我跟他是在劳教农场里遇上的。他眼睛不灵光，人家送水送饭他摸不着，上厕所也找不到地方，我看他怪可怜的，再加上还有点儿自由走动的权利，就时不常地去帮帮他。一来二去说上了话儿，知道了他就住我们村儿附近，还知道他是因为传教给弄进来的。当然说是因为传教，好像也不全是。以前我们这片儿还有个牧师，是个矮子，个头儿才过刘有光的腰，嘴可比他利索，讲耶稣的事儿跟唱快板似的。矮子也是无证传教，但政府也不抓，单单抓了刘有光，这就跟我们那儿闹的病有关系……”

“这我知道。闹病又跟开矿有关系。”我插嘴说。

大姨妈愕然，仿佛惊讶于我所掌握的信息。但看到我不动声色，她只好继续说下去：“刘有光以前不叫刘有光，叫什么我不知道，是瞎了以后才改的这个名儿。取的是‘上帝说要有光，于是就有了光’的意思。他在瞎了之前也不信主，而是在县里别处的采石场干活儿，还有个老婆，还有个孩子。后来山里开矿，给的工钱比采石场多，他就过去替矿上打炮眼，炸石头。有次炮响早了，炸出来的石块把他眼给砸了，伤到了视觉神经，没过多久就彻底瞎了。矿上其实是赔了钱的，可也没多少，不够一家人往后吃饭的，他老婆算了算账，干脆卷了钱带着孩子跑了。据说跑的时候捂着孩子的嘴，一小步一小步地从刘有光的眼皮子底下溜了出去。刘有光成了个孤苦伶仃的人，矮子觉得他该受主的眷顾，就去找他。一传就信了，不只信，还缠着矮子给他念《圣经》。一天一天地听，一句一句地背，把整本儿《圣经》都记在了心里。不过也有人说，矮子念给刘有光的《圣经》是油印的盗版，好多地方都错了，念也不正经念，经常有上句没下句的，所以背下来的不算真经。但这不妨碍刘有光信主，更不妨碍人家跟随刘有光信主。后来政府让搬迁，矮子胆儿小，先走了，刘有光倒成了在那一片儿传教的人。他养活不了自己，信的人就从嘴里匀出一口吃的给他，还接力棒似的领着他从一个村儿到另一个村儿去。不过我以前没听过他传教，那时候我在外地呢，还在跟着‘虫虫宝’干传销……直到后来跟他一起进了劳教农场，这才听他背了几次经。背也不能全背，里面有警察看着。什么‘上主是我的牧者，我实在一无所缺’，还有什么‘在我一生岁月里，幸福与慈爱常随不离；我将住在上主的殿里，直至悠远的时日’。我也只能记下不多的几句。以前住在村儿里的时候，矮子也来劝过我信教，还说我之所以下岗、离婚、没孩子，就是因为不信主。信了就得给他二百块钱，他发你一本油印册子。但那时候我没信，我觉得不信主就这么收拾我，那么这主也不是什么善主儿。然而刘有光不一样，他也不讲道理，光背经，一背，那些似懂非懂的话就钻到我的脑子里去了……我蒙了，觉得我不是我了，直想哭直想笑。我觉得自己的面前展开了一条金光大道，只要走上去，那么犯过的罪都能抹掉，吃过的苦都会消失。我还觉得以前信别的东西都信错了，走了那么多的弯路，就是为了绕到这条大道上来。有一个声音又在我耳朵边上响起来，它说：信了吧，信了吧，信了就一切都会好了……”

我缓缓地嘘了一口气，问大姨妈：“所以您信了？”

大姨妈眼睛亮晶晶地回望我，好像点了点头，又好像摇了摇头。她忽然向我伸出一条胳膊，袖子往上退了一退，露出枯瘦的手腕来。那手腕上布满疤痕，层层叠叠，已经不是新伤，但能看出是用什么尖锐的东西扎的、划的，还有用火燎的：“你看，我本来想把那个声音从脑子里赶出去的。每当它响起来，我就随手找个什么东西戳自己一下，烫自己一下。我还在心里回答那个声音说：算了吧，我不能跟你走了，还有人等着我呢。可我说服不了它。它反而问我：你是为了他们才想回去？我说是。它就说：你这么一个人，就算回去了，也是人家的负担；干吗不替别人想想呢，谁活着容易啊，还得让人家来顾着你。它还说：别人对你再好，但其实也不能了解你，不知道你心里想要什么。它又说：既然一无所有，不如随心所欲；只有一无所有的人，才能随心所欲。它这么说，我就没话好说了。”

说到这儿，大姨妈满面通红地低下头去。好像她并不是在描述皈依的历程，而是正在交代一桩罪行，一件丑事。

我抚摸着她那条伤痕累累的、惨烈的胳膊，又问：“所以您决定信了？”

大姨妈没再说话，又看了看四周，仿佛漫天飞雪已经替她做了回答。而顺着她的话想，今天的事情也就可以解释了。盲人刘有光离开旅馆时，又是大姨妈把他送了出去；他也一定劝过大姨妈和他走，去山上，去信主。我可以在脑海中勾勒出大姨妈听到这话时茫然的神色，我甚至还能体会到她心里涌动的激情——那一刻，她手握自由，有机会让身体回到我们的世界，但灵魂早已滑向了另一个世界。一条实在的门槛位于她的脚下，一条虚拟的分界线铺展在她的眼前。终于，她选择了其中一个方向，决然地迈了过去。在这么做的时候，她居然还保持着令人吃惊的冷静：先把盲人送出了门，自己折回了旅馆四人间，像其他劳教释放人员一样又靠墙蹲了一会儿，然后才站起身来追了出去。面对旅馆服务员心不在焉的盘问，她随口撒了个谎。至于这个半山腰上的护林站，多半早就被盲人和他的信徒接管了。他们是无人区里仅存的居民，是依靠信仰扎根的钉子户。维持生计想必并不很难，山下的人走得仓促，无主的房屋里遗留了不少吃的用的东西，缺什么自己取就是。也不担心受到骚扰，如今已经没什么外人敢进到这里来了。

这时正屋的门开了，闪出一个人影，是个矮墩墩没脖子、脑袋和躯干好像两个坛子摞在一起的老头儿。这人以前也是见过的。他一歪一斜地扭过来，问面好了没，还问要不要帮忙。大姨妈说这就好，然后揭开锅盖，从杂物堆上抓起一塑料袋面条下进去。面就不是烩面了，在这山上，哪里去弄卤羊肉、海带丝和鹌鹑蛋。而老头儿仿佛才注意到了我，他的脖子都已经断进肚子里去了，记性却比山下的胖墨镜好，开口问道："又来了？"

我说："又来了。"

他看看大姨妈，又转回我这边："找着亲戚了？"

我说："找着了。"

老头儿就在火光里粲然笑了，"都是主的安排。"

大姨妈看着我，两眼亮晶晶地又闪了一闪。随后他们合力抬起铁锅，缓慢地往屋里挪过去。大姨妈的手上垫着毛巾，而老头儿则用疙疙瘩瘩的手指抓着锅沿，似乎感觉不到烫。我跟过去，为他们拉开了门，便看见了屋里的情形：约莫五六个人，有男有女，大多歪靠在墙角坐着，还有的坐都坐不起来，只能躺在床上，身上裹了团破棉被。他们的骨头都出了毛病，不是手扭曲成鸡爪子的模样，就是腰大幅度地往前躬着。而在屋子的最里侧，一个高大的盲人盘腿而坐，单手拄着一根竹棍。他仍然戴着硕大的墨镜，脸像干裂的门板。

屋里还生着个铁炉子，因而也不冷。煤气的味道应该是从这炉子里冒出来的。大姨妈和老头儿把锅放在炉子上，我便再次听到了盲人刘有光背经。声音是从胸膛深处共鸣出来的，像一只漏气的风箱，每一个字都伴随着空喘。

他说：“上主是我的牧者，我实在一无所缺。”

他说：“在我一生岁月里，幸福与慈爱常随不离。”

他还说：“我将住在上主的殿里，直至悠远的时日。”

往后又说了些什么，我竟听不清楚了。我只觉得周围安静极了，并且不是密闭的房间里的安静，而是天空之外的那个宇宙的安静。身边的人一动不动，听着刘有光的那些话，他们的脸上和残破的身体上都有了光。片刻，饭前祷告结束，众人从身上取出瓷碗或者铝饭盆来，依序捞面。老头儿用盘根错节的手给盲人盛了一碗。盲人自然是看不见我的，而别人看见了我也不生疑，更不发问，都自顾自地埋头吃起来。房间响彻吸吮的声音，听起来却不像是在吃，而是在集体哭泣。只有大姨妈还呆站着，叉开双手摩挲大腿。

我转身出了门，拔脚往院儿外走去。

雪更大了，浩浩荡荡地从天顶飘落。我边走边仰起脖子，拿眼去寻那雪的源头。此时，雪就不像是从空气中凝结出来的了，而是从世界之外的某个缝隙里播撒出来的。我还记得自己是见过那条缝隙的，是在海滨废墟的锅炉里，在垂死的、神志模糊的关头：一条光弧在我头顶永恒地闪耀，状如星河，包含着纯粹的喜悦和自由。

漫山遍野都是寂静。我走了很远，来到一片开阔的空地才戛然站住。电话已经拿在手里，正像警察说过的，在山上也有信号。而我将要打给谁呢？在那一刻，我的心里又做了一次选择。我可以打给等在山下的警察，那就是公事公办了：该驱散的驱散，该控制的控制，他们也许还会把大姨妈最终交还给我。我也可以打给南京的母亲，告诉她大姨妈又有了新的“相信”，因此不可能跟我回去了。

但我最终打给的却是彭佳亿，那个和我说陌生不陌生，说熟悉不熟悉的心理医生。电话通了，彭佳亿的声音传了出来，我对她说：“现在我需要倾诉。”

然后不等彭佳亿说话，我就一气向下地讲了起来。我复述了大姨妈的历史，从她为了革命检举我母亲，到她在我们那个家庭行将崩溃时赶来照顾我，从她带我去西安接受“发功”，到她下岗、离婚、加入传销，从我去找她结果被塞进了锅炉，到她自愿待在看守所里又被改判劳教……我告诉彭佳亿，我的大姨妈特别会做烩面，面里有鹌鹑蛋、海带丝和卤羊肉。我还说大姨妈一直想要个孩子，但至今孤身一人。我也说了大姨妈为什么会是现在的大姨妈——她特别想相信什么东西，于是就信了。

最后我说，我找到了我的大姨妈，而她现在信了教。

彭佳亿问：“杨麦，你到底想说什么？”

我说：“我想和你道个别。”

“你要去哪儿？”

“跟她走。”

“你也信了？”

“你觉得我这样的人还有能力相信什么吗？”

“那你为什么……”

“我想把她找回来。她人就在我面前，但却相当于去了遥远的地方。而我相信她其实还想回来，因为她舍不得我。只不过那条路太长了，她自己回不来，所以我得陪着她，一步一步地把她接回来。你能懂我的意思吗？”

“大概能懂。”

“我这么想，从你的角度看算不算有病？”

“……不算。”

“谢谢你这么说。那我就放心了。”

她在听筒里呼唤着我，而我挂了电话。这时雪更大了，却没有风，在天地间布了一道白幕。积雪没住了脚面，我拔腿，踉踉跄跄往回走去。才一个电话的工夫，护林站的砖房竟然看不见了。再一回头，整片白茫茫的原野没有一行脚印。那一瞬间，我忘记了自己究竟在哪儿，更忘记了我要向何方去，我仿佛与生俱来地被丢弃在了苍茫白雪之中。随后，我的脸上一热，有什么东西流淌下来。那不是雪水，而是长大成人之后的第一滴眼泪。

# 附录

警察：姓名？

我：杨麦。

警察：年龄？

我：虚岁三十六。

警察：性别？

我：你们看着办吧。

警察：你什么态度？

我：你什么态度？身份证上不都写着呢嘛。

警察：也是，咱们就别走形式了。知道你为什么在派出所吗？你在山上昏倒了，埋在雪里，差点儿冻死，幸亏有个看守所的管教警察把你背了下来。

我：感谢政府。人间自有真情在。

警察：现在进入正题，你到山里干吗去了？

我：我能不告诉您吗？

警察：不能。顺便告诉你，我们是省厅刑侦大队的，矿上的事儿跟我们没关系，找你是想问别的事。听那个管教警察说，你上山去找王春娥，你和王春娥是什么关系？

我：说是亲戚，但也不算亲戚。

警察：你最后一次见到王春娥，在什么时候？

我：就在山上，护林站里。

警察：说实话。我警告你，这事儿不是小事儿。

我：那你让我怎么说？我说的是实话。

警察：再给你一次机会。你最后一次见到活着的王春娥，是在什么时候？

我：我不是已经说过了嘛，就在山上，护林站里。

警察：你确定？

我：我确定。

警察：好，那我们还要问问你为什么撒谎了。

我：我没撒谎啊，政府，天地良心。

警察：但你所讲的和我们掌握的情况完全不同。

我：你们掌握了什么情况？

警察：告诉你也无妨。离你昏倒的地方不远，在山区的一个护林站里发生了一起集体死亡案件。死者共七人，其中就有王春娥，还有一个跟王春娥同天释放的盲人叫刘有光。其他五人也是附近的村民，都患有不同程度的骨骼疾病。死因是煤气中毒，经过现场勘察，发现炉子的烟道被人为堵上了，所以初步判断属于自杀。从事发现场附近的脚印推断，你是唯一一个去过现场的人，也是唯一一个从现场活着离开的人。又根据法医的验尸报告结合管教警察的描述推断，当你来到那个护林站的时候，包括王春娥在内的七人已经死亡数小时以上了。我们还在王春娥身边发现了几张纸屑，拼起来是一个纸条，上面写着：杨麦，我走了，你别找，你越过越好。写纸条的人肯定不会把它撕碎，因此看过它的只能是一个人，那就是你。至于我们讯问你的原因，是想多了解一下这起案件的相关信息。你是个记者，应该知道这种事情一旦爆出去，一定是轰动性的，而事发地点又在非常敏感的矿区，到时候社会上还不知会有什么说法，所以该了解的我们必须要详细了解……

我：扯淡。

警察：你说我扯淡？

我：对，说的就是你。

警察：注意你的措辞，我扯什么淡啦？

我：你说我大姨妈死了就是扯淡。我是上了山，但见到的都是活人，都能喘气儿能吃面条还能背《圣经》。我大姨妈还向我讲了刘有光的事儿，说他是瞎了眼睛之后才开始传教的。她还给我看过她给自己弄的那些伤，她说她本来不想跟刘有光走，才把自己弄成了那样，只不过最后还是失败了，她管不住她自己……这些都是事实，我亲眼见，我听真真儿。

警察：这些当然是事实，但刘有光的情况，管教警察也对你说过，对吧？至于王春娥胳膊上的伤，我们专门打电话问过劳教农场的工作人员，得到的答复是她的确有自虐倾向。只不过这也不能证明你在护林站里见到她时她还活着。她的尸体被人摇动过，露出了胳膊上的伤痕，而破坏现场的人只可能是你。我们实在搞不懂你为什么认定王春娥还活着，都说了他们是自杀，也没说要追究你的责任。另外，王春娥写的纸条还在我这儿，你要不要看一看？

我：不看。看了我也不信，那都是你伪造的。我没工夫跟你废话了，现在赶紧放我走，我还得去找我大姨妈……

警察：杨麦，你冷静点儿。

我：冷你妈×静。

警察：理智点儿行不行？

我：理你妈×智。

警察：逼我是不是？

我：小妇养的，动了兵刃了。哎哟我操。

…………

警察：还闹吗？

我：不闹了。

警察：那就好。刚才对你上手段也是迫不得已，请你谅解。我们刚才查看过你的手机，昨天夜里，你跟一位北京的精神科医生通过电话，另外，我们还在你的背包里发现了大量精神类药物。现在我们怀疑你没有说谎，而是出现了幻觉……这也许是受到强烈刺激所致吧。所以你必须先恢复正常，然后才能配合我们进行调查。省里来的专家还在路上，到时候会对你进行鉴定和治疗，希望你能配合。今天就先到这儿吧。

我：你是说，我分不清真假了？

警察：有这个可能。

我：那么有没有另一种可能，分不清真假的其实是你们，我看到的听到的才是真相？

警察：没这个可能。从你的状态看来，我们确实已经没有了谈下去的必要。

审讯结束。

对了，我的大姨妈，她叫王春娥。

图书在版编目 (CIP) 数据

心灵外史 / 石一枫著. — 北京 : 北京十月文艺出版社，2018.9

ISBN 978-7-5302-1812-9

Ⅰ. ①心… Ⅱ. ①石… Ⅲ. ①长篇小说—中国—当代 Ⅳ. ① I247.5

中国版本图书馆 CIP 数据核字 (2018) 第 057964 号

心灵外史
XINLING WAISHI
石一枫　著

出　　版　北京出版集团公司
　　　　　北京十月文艺出版社
地　　址　北京北三环中路 6 号
邮　　编　100120
网　　址　www.bph.com.cn
发　　行　新经典发行有限公司
　　　　　电话（010）68423599
经　　销　新华书店
印　　刷　北京盛通印刷股份有限公司
版　　次　2018 年 9 月第 1 版
　　　　　2018 年 9 月第 1 次印刷
开　　本　787 毫米 ×1092 毫米　1/32
印　　张　10.25
字　　数　150 千字
书　　号　ISBN 978-7-5302-1812-9
定　　价　39.00 元
质量监督电话　010-58572393
如有印装质量问题，由本社负责调换。